Gölgeler

DOĞAN KİTAP TARAFINDAN YAYIMLANAN DİĞER KİTAPLARI

Engereğin Gözü
Arafat'ta Bir Çocuk
Bir Kedi, Bir Adam, Bir Ölüm
Mutluluk
Leyla'nın Evi
Sevdalım Hayat
Son Ada
Serenad
Edebiyat Mutluluktur
Kardeşimin Hikâyesi
Konstantiniyye Oteli
Orta Zekâlılar Cenneti
Gözüyle Kartal Avlayan Yazar / Yaşar Kemal
Huzursuzluk

GÖLGELER

Yazan: Ömer Zülfü Livaneli

Editör: Aslı Güneş

1. baskı / Haziran 2018 / ISBN 978-605-09-5254-4
Sertifika no: 11940

Kapak ve iç sayfa resimleri: Aykut Aydoğdu
Kitap tasarımı: Lerna Adsız Çalgan
Baskı: Mega Basım Yayın San. ve Tic. A.Ş.
Cihangir Mah. Güvercin Cad. No: 3/1
Baha İş Merkezi. A Blok Kat: 2
34310 Haramidere-İstanbul
Tel. (212) 412 17 00
Sertifika no: 12026

Doğan Egmont Yayıncılık ve Yapımcılık Tic. A.Ş.
19 Mayıs Cad., Golden Plaza, No. 3, Kat 10, 34360 Şişli - İSTANBUL
Tel. (212) 373 77 00 / Faks (212) 355 83 16
www.dogankitap.com.tr / editor@dogankitap.com.tr / satis@dogankitap.com.tr

Gölgeler

Ömer Zülfü Livaneli

Resimleyen: Aykut Aydoğdu

DOĞAN KİTAP

Önsöz

Konstantiniyye Oteli'ni yazarken bunun hem dünyada az da olsa örnekleri bulunan bir senfonik roman hem de bir şehrengiz olmasına çalışmıştım. Özellikle, şehirdeki olayları ve kişileri anlatan ve bizde 18. yüzyılda doruğa çıkmış olan edebi gelenek "şehrengiz"in tekrar gündeme getirilmesiydi amacım. Öyle ya; modern romanı Batı'dan aldık ama bu türün dışında çok zengin anlatı biçimlerimiz var. Şehrengiz bu geleneklerin içindeki en önemli edebi türlerimizden birisi; hatta aynı tarzda eser veren Aldous Huxley (*Ses Sese Karşı*) ve John Dos Passos'tan (*Manhattan Transfer*) daha etkileyici diyebilirim. Dizeler biçiminde yazılan şehrengizin unutulması, edebi dünyamızdan çıkması çok yazık.

Roman, okumuş olanların bileceği gibi Konstantiniyye adlı yedi yıldızlı bir otelin açılış gecesindeki görkemli daveti anlatıyor. Magazin dilinin "Bütün İstanbul oradaydı" diye haberleştireceği biçimde İstanbul "yüksek sosyete"si eleştirel bir dille anlatılırken, "Edebi ve Ebedi Gölgeler" başlıklı bölümde de bugün hayatta olmayan şair ve yazarlarımıza bir saygı duruşunda bulunuluyor.

Elinizdeki kitap bu bölümün genişletilmiş, gözden geçirilmiş ve sevgili editörüm Aslı Güneş'in katkılarıyla zenginleştirilmiş hali. Aykut Aydoğdu'nun nefes kesici resimleri ise kitabın saygı duruşu boyutunu bir kez daha vurguluyor.

Edebi geleneğimizde çeşitli nedenlerle "müstear isim" kullanmak, kimliğini gizleyerek başka bir adla yazmak hemen hemen bütün yazar ve şairlerin başvurduğu bir yöntem. Padişahlardan halk ozanlarına kadar "müstear" ve "mahlas" kullanmayan edip yok gibi. Padişahlar için geçerli olmasa bile yazının baskı altında tutulduğu ve yazanın başına çeşitli belalar açtığı bir ülkede siyasi nedenlerle takma ad altında yazmak, bazen de para kazanmak için yapılan "iş"lerde değişik kimlikler altında gizlenmek olağan ve anlaşılabilir bir durum.

Bu kitapta yazar ve şairlerimizin asılları değil ama gölgeleri var; yani müstear isimleri. Hem varlar hem yoklar, hem ünleri çok yayılmış hem de sonsuza kadar gölge olarak kalmaya mahkûmlar. Okurlarımıza, hangi müstearın kime ait olduğunu hatırlatmak amacıyla kitabın başında bir liste sunuyoruz.

Romandaki özgün bölüme göre en büyük değişiklik, yakında kaybettiğimiz değerli Ülkü Tamer adının eklenmesi oldu. Çünkü o da bu kitap yayıma hazırlanırken gitti gölgeler diyarına.

Bütün bu saygın edebiyatçılarımız, kubbede hoş bir sada olmanın da ötesinde yeryüzünde silinmez bir iz bıraktılar.

Bu kitapçıkla hepsinin anısı önünde saygıyla eğiliyoruz.

Ömer Zülfü Livaneli

Anılarına...

Avnî	Fatih Sultan Mehmed
Asım Us	Mustafa Kemal Atatürk
Halide Salih	Halide Edip Adıvar
Üsküplü Ahmet Agâh	Yahya Kemal Beyatlı
Saksağan	Reşat Nuri Güntekin
Orhan Selim	Nâzım Hikmet
A. Metin	Sabahattin Ali
F.M. İkinci	Kemal Tahir
Raşit Kemali	Orhan Kemal
Mehmet Ali Sel	Orhan Veli Kanık
Kemal Sadık	Yaşar Kemal
Ali Kaptanoğlu	Attilâ İlhan
Cemasef	Cemal Süreya
Ayhan Çağlar	Ece Ayhan
William Flynn	Ülkü Tamer

Edebi ve ebedi gölgelere dair

Otelin balo salonundaki onca masanın, sandalyenin hiçbiri boş değil; bu yüzden kendilerine oturacak yer bulamadan oradan oraya gezen gariban bir grup var salonda. Çoğu genç, bakımsız, yoksul ama zeki bakışlı erkekler. Biri de genç bir kadın. Birbirlerinden hiç ayrılmadan o masadan bu masaya geziyor, oturacak bir tek sandalye bile bulamıyorlar. Bırakın onları bir yere buyur etmeyi; gören, farkında olan bile yok. İçlerinden ince uzun suratlı, pardösüsünün yakalarını kaldırmış biri, "Azizim" diyor ötekilere, "galiba beyhude bir gayret bizimkisi, iki lokma taam edelim, iki kadeh rakı yuvarlayalım diye geldik ama vaziyet ümitsiz." Arkadaşları başlarını sallayarak ona hak veriyor. Birçoğu zayıf, hatta sıska; kiminde eski usul fötr şapka var, kiminin yanakları çökük ve gölgeli. Biri cebinden çıkardığı patiska mendile öksürüyor. Garsonlar yanlarından fırıl fırıl geçiyor ama onların farkında olmuyorlar; hatta, acayip bir şey, onları yarıp geçtikleri halde dokunduklarını hissetmiyorlar. Süzülmüş yüzündeki ateşli gözlerinden veremli olduğu anlaşılan bir genç, "Hayaletler gibiyiz" diyor "Bizi görmüyorlar."

Arkadaşı "Ama zaten hayaletiz" diyor. "Meşhur yazarların takma adlarıyız. Takma ad, gerçek insan olur mu?"

Başka biri "Burada edebiyata, şiire değer veren kimse yok galiba" diyor.

"Şu masadan başka" diye karşılık veriyor öteki, üstadın masasını göstererek. "Deminden beri oradan kulağıma kültürle ilgili konuşmalar geliyor. Öteki masalar daha çok hacıağa dediğimiz cinsten."

Üstadın masasına doğru yürürken biri, "Galiba o deyim ortadan kalktı" diyor. "Artık görgüsüz zenginlere hacıağa denmiyor."

"Evet" diye cevap veriyor öteki. "Hacıağa, *nouveau riche* gibi bir anlatımdı, şimdi böyleleri saygı görüyorlar."

"Bizde bu Fransızca deyimin daha âlâsı var" diyor veremli olan.

Çökük yanaklı, "Neymiş o?" diye soruyor.

"Sonradan görme" diye cevap veriyor mütever-rim şair. "Müthiş bir anlatım bu, sonradan görme."

Başka biri, "Açlıktan, susuzluktan anamız ağladı ama siz hâlâ kelimeler peşindesiniz" diyerek gülüyor.

Diğerleri birbirinin sözünü tamamlarcasına yanıt veriyor:

"İyi ama..."

"Kelimeler bizim gerçek hayatımız."

"Onlar olmadan biz yokuz ki."

"O zaman kelime yiyip kelime için bakalım" diye onlara sitem ediyor öteki.

Ama en ağır sözü, o ana kadar sesini çıkarmamış olan balıkçı kasketli, kazaklı genç söylüyor: "Biz gerçekten yokuz" diyor. "Görmüyor musunuz, yokuz işte. Kimse bizim farkımızda değil, görmüyorlar, duymuyorlar, birbirimize göre var olmamız hiçbir anlam ifade etmiyor, bu dünyaya göre yokuz."

Hepsinin hareketleri ağırlaşıyor, gözleri kederleniyor. Üstadın masasının çevresine diziliyorlar. Yuvarlak masaya oturduğundan beri ders vermekte ve herkesi azarlamakta olan üstat, o sırada, Marlowe'u bilip bilmediklerini soruyor. Herkes susuyor. Oturanların arkasına daire biçiminde dizilmiş olan genç edebiyatçılar hemen sakince yanıt veriyorlar:

"Elbette biliyoruz."

"Piyes yazarı Marlowe."

"Yoksa dedektif Marlowe'dan mı söz ediyorsunuz?"

Ama onları kimse duymuyor. Üstat dişlerini gıcırdatarak gülüyor. "Basın Shakespeare'den bahsettiği için onun adını duymuşsunuzdur ama aynı dönemdeki piyes yazarı Marlowe'u duymadınız tabii" diyor. "Ama o sizi biliyor."

Masadakiler şaşkın bakıyor. Biri, "Nasıl biliyor?" diye sormaya cesaret ediyor.

Kimsenin görmediği delikanlılardan biri, "*Timurlenk* piyesini duymadınız mı yahu?" diyor. Diğeri tamamlıyor onu: "Hani Yıldırım Bayezid'in esir düştüğü, Timur'un onu kafese kapattığı, karısına çıplak dans ettirdiği, sonunda buna tahammül edemeyen Bayezid'in kafasını demirlere vura vura parçaladığı ünlü piyesi?"

Yine kimse duymuyor onları. Üstat, "*Timurlenk* piyesini duymadınız mı yahu?" diyor. Ama görünmez delikanlının da kullandığı aynı kelimeler onun sesinde bir azarlama havası yaratıyor. "Timur Ankara Savaşı'nı kazanınca padişahınız Yıldırım Bayezid'i demir kafesle yanında gezdirir, karısını rakkase yapar, gururlu padişah da kafasını demir kafese vurarak intihar eder."

Masadakiler ona karşılık vermiyor, birbirlerine şaşkın şaşkın bakıyorlar. Öyle ya; hiç Osmanlı yenilir mi, hiç koskoca padişah kafese kapatılır mı, hele karısını rakkase yapmak, olacak iş mi? Şanlı Osmanlı tarihinde böyle bir şey olabilir mi? Üstat, belli belirsiz bir gülümsemeyle "Şimdi, anlattıklarımdan kuşkuya düştünüz, yüzünüzden belli" diye devam ediyor; sözlerinin etkisinden memnun olduğunu pek de gizleyemiyor. "Size anlatılan tarihle bağdaştıramadınız, çünkü derdiniz gerçek değil, hamaset. Sizler hamasetle beyni çürütülmüş bir avuç ahmaktan başka bir şey değilsiniz."

Ayakta duran gençlerin -en şişmanları hariç- yüzlerinden ve baş hareketlerinden üstadın sözlerini onayladıkları belli oluyor. "Evet" diyor biri. Diğeri "Aynen öyle üstat, helal olsun, biz de bunu söylemeye çalışıyoruz ama kimse duymuyor" diye ekliyor. Bir başkası ise "Artık sabrımız taşmak üzere" diyerek tamamlıyor.

Orhan Selim adlı delikanlı, irice bedeni ve dağınık sarı saçlarıyla diğerlerinin arasından, "Yetti artık!" diye atılıyor. "Bu burjuva müsveddelerinin, bu sömürücülerin masalarını dağıtma vakti çoktan geldi de geçiyor, haydi arkadaşlar!"

Hep beraber koltukta oturanları yere devirip, masanın üstündekileri sıyırıp atmak için saldırıyorlar ama hiçbir şeye, hiç kimseye dokunamıyorlar. Üsküplü Agâh perişan, Kemal Sadık kızgın, Raşit Kemali iyiden iyiye öfkeli, Halide Salih'in gönlü kırık, Ali Kaptanoğlu kendini iyice garip hissediyor, Sakşağan bir yanıp coşuyor bir sönüyor, F.M. İkinci öfkeyle yumruklarını sıkmış, Cemasef'in kaşları çatık, Ayhan Çağlar masadakilere öfkeyle bakan gözlerini dikmiş; hep birlikte kendilerine kötü davranan bu mekânı terk edip, çam yarması korumaların arasından görünmeden geçiyor, otel lobisinden çıkarak birer hayal gibi İstanbul gecesine süzülüyorlar.

“Şenlik dağıldı
Bir acı yel kaldı, bahçede yalnız”

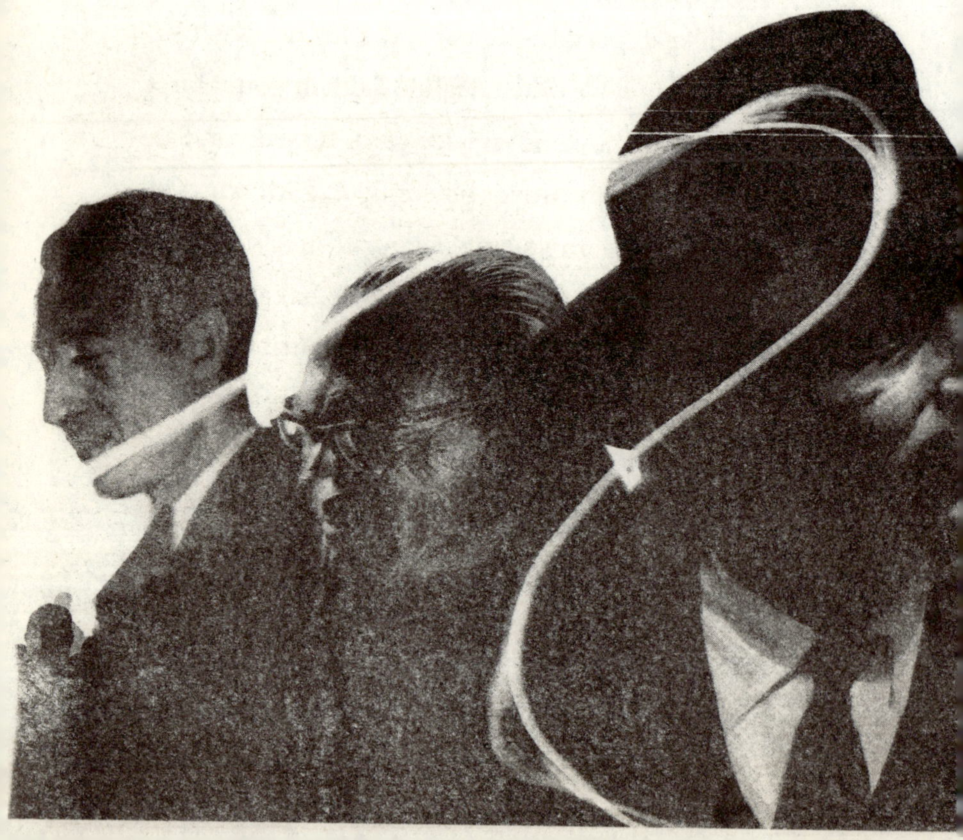

Biri "Niye bize böyle davrandılar, şöhretli insanlar değil miyiz biz?" diyor.

"Elbette şöhretliyiz" diyor öteki. "İsimlerimizi binlerce insan biliyor, yazılarımızı on binler okuyor."

"O zaman niye bize yokmuşuz gibi davranıyorlar?"

Saksağan, "Sadece kâğıt üstünde varız çünkü. Ayrıca bizi yaratan asıllarımız kıskanıyor, bizi yok etmek, unutturmak istiyorlar da ondan" diyor.

Orhan Selim öfkeyle, "Yalnız kıskanmak değil, bir de aşağılıyorlar" diyor. "Bak, benimki, yani Nâzım Hikmet ne yazmış benim için..." Yüksek sesle ve teatral tavırlarla okumaya başlıyor:

Benim sıska
        benim cılız
        benim zavallı çocuğum Orhan Selim
Sen
    benim
ne gözüm
        ne kolum
            ne kafamsın

sen

benim

bir kurşun balyası gibi, sıska sırtına bindiğim

ve alnının teriyle geçindiğim

ilk

ve son adamsın!

Bir an susuyor, ardından "Sırtıma biniyormuş" diyor, "sırtıma biniyormuş!" Biraz soluklanıyor. Sakinleştiğini belli eden bir yüz ifadesiyle devam ediyor:

benim sıska

benim cılız

benim zavallı çocuğum Orhan Selim!

Bu sözlerim

yüreğini ters taraftan sarsmasın,

yüzün kızarmasın!

Boş ver, aldırma pek!

Kötünün kötüsü yazman gerek!

Bu

bence daha doğru

daha iyi...

Yalnız unutma bir şeyi:
yorulur da
    ayağın kayarsa eğer
seni herkesten önce ben
                taşlarım!
fakat bugün
sende beni sattığını gösteren
bir tek satır bulanın
            alnını karışlarım!

Üsküplü Ahmet Agâh, "İyi ki benimki böyle sırtıma binmeye kalkışmıyor" diyor, "zira Yahya Kemal hazretleri ağırdır; Rakofça kırlarının hür havasını alırken, kolböreğinin ve trileçesinin de epeyce tadına bakmıştır, o sıkleti çekemem. Hatta Orhan Selim'in aslı, onu 'şişman ve mustarip' kelimeleriyle anlatmıştır."

Halide Salih gölgelerin gürültüsünden sıyrılıp önünde uzanan Sultanahmet Meydanı'na bakıyor. Şimdi nasıl da ıssız, nasıl da sessiz... Gölgelerin sessizliği yankılanıyor her yerde. Oysa o mayıs günü yüz binlerce insan doldurmuştu bu meydanı. Ve o kürsüde, kadınlı erkekli insan denizine "Vatan behemehal kurtulacaktır" diye seslenmişti.

Kürsüye çıkmaktan korkmamıştı, tıpkı ilk yazdığı yazıya bir kadın olarak imza atmaktan korkmadığı gibi. Nasıl müjdelemişti Yakup Kadri, Halide Salih imzasını. Neredeyse her satırıyla ezberinde:

> Büsbütün başka bir dille konuşuyordu bu kadın... Hattâ, konuşmuyordu da sesleniyor gibiydi ve bu ses sıcak, yumuşak, kırık dökük bir kadın sesiydi. İçe dokunan bir şeyler mırıldanıyordu kulağa... Ne diyordu? Ben bunu anlamağa bile lüzum görmüyordum. Kendimi o sesin deruni ahengine bırakmakla yetiniyordum. Zaten, benim için, nesirde olsun nazımda olsun her şey bu deruni ahenkten ibaret değil miydi?

"Bu şehir o eski İstanbul mudur?"

Bir kadın adı nasıl da şaşırtmıştı herkesi... O da kocasının adına yaslanmıştı işte... Ama romanlarını erkek adlarıyla yayımlayan hemcinslerinden farklı olarak kendi adını korumuştu. Halide Salih... Kocasının adını alarak korunaklı bir gölgeye mi kavuşmuştu? Kim bilir...

O sırada, aslı olan Reşat Nuri Güntekin'le hesaplaşmasını kesen Saksağan, ne düşündüğünü sormasa Halide öylece dalıp gidecek. Belli belirsiz gülümseyerek,

"Ölüleri ve gölgelerini düşünüyorum" diye yanıt veriyor Saksağan'a.

Saksağan,

"Bizi mi yani?" diye soruyor.

"*Tanin*'de 'Ölülerin Gölgeleri' başlıklı bir yazı yazmıştım. O zamanlar düşünmüşüm demek ki dünyaya bırakacağım gölgeyi. Peki biz şimdi neyin, kimin gölgesiyiz?"

Saksağan, heyecanla ellerini çırparak müstearları bir araya toplanmaya çağırıyor.

"Gelin, Halide Salih bize bir şey okuyacak!"

Halide Salih o mayıs gününde Sultanahmet Mitingi'nde kalabalığa konuşurcasına heyecanlanıyor. Sesini ayarlayıp kendisini dinlemeye hazır gölgelere aklında kalan satırları seslendirmeye başlıyor:

> Mezarlardan geçerken yüreğimize derin bir üzüntü, bilmem daha nerelere kadar uçabilecek olan insanlığımızın kanatları kırılarak, varlığımıza aşağılık bir düşkü çöker. Biliriz ki her şeyin sonunu getiren bir sır, doğanın kanatları, bizi de gölgelendiriyor. Bir gün, on gün, bir yıl, on yıl, hasılı en uzun süreyi yok ederek bizi saracak, götürecek! Fakat bu duygu müzelerde keskinleşir; orada hissederiz ki insanlığın vücutlarının, kişiliklerinin, sevgilerinin, ruhlarının, sanatlarının, yaşantılarının en küçük niteliğine kadar –ölümsüz olmak insan duygusuyla– taşlarda ortaya koydukları örnekleri de mezara

girecekler; tek olarak değil, yapıtlarıyle, uluslarıyle, uygarlıklarıyle göçecekler! İnsanlığın ölmemek için ne zararlı, ne acıklı, ne gülünç özençleri var! Mezarlar bize kendimizin son bulacağını duyurarak bizi korkuturlar; fakat yapıtlarımızın düşüncelerimizin gereksiz bir süsü olacağını, geçmişin bağışlayan bir lütufla bunları bir köşeye saklayacağını his eder etmez, düşüncemizin, sanatımızın, ruhumuzun en ince gururu, en duygulu yeriyle sızlar ve inleriz.

Halide Salih sözlerini bitirince başka kimsenin duymadığı bir alkış kopuyor gölgelerden. Birden ilk yazısını yayımlamış genç bir yazar gibi heyecanlanıyor. Varsın bu alkışları kimse duymasın, o gölgesini yeryüzüne bırakmıştı ya, önemli olan bu. Konstantiniyye Oteli'nde kimse fark etmemişti onları ama burada, İstanbul sokaklarında her birinin izleri vardı. Her birinin sözcükleri yankılanıyordu tenhalarda.

Saksağan eliyle alkışları durdurup,

"Mademki kovulduk şölenden, burada bu ıssız meydanda kendi şölenimizi yapacağız" diyor "Hadi herkes bir gölge hikâyesi anlatsın, Halide sırasını savdı."

Müstearlardan ses çıkmayınca, bir adım öne çıkıp, "Ben başlıyorum o zaman" diyor bakışlarını kalabalığın üzerinde gezdirerek.

"Kendisine bir gölge edinmek için uğraşan Reşat Nuri Bey'in hikâyesiyle..."

Gölgeler topluluğu gölgesiz yazarın hikâyesini duymak için sabırsızlanarak çemberi daraltıyor. Konstantiniyye Oteli'ni unuttular bile. Saksağan, bir gölge edinmeye çalışan velinimetinin öyküsünü anlatmaya başlıyor:

"Rivayet odur ki *Zaman* gazetesinin başyazarı Buldanlı Veli, benim velinimetin yakın dostuymuş. Velinimet, Tepebaşı Tiyatrosu'nda oynanan bir oyun hakkında fikirlerini söyleyince 'Gel bunları yaz' demiş başyazar. Şaşırmış velinimet; 'İmzam ile mi?' 'Elbette imzan ile.' Bizimki tereddüt etmiş,

'Bir müstear isim kullansam?' diye diretmiş."

Sonra Halide Salih'e dönerek,

"Bak gör, saklanacak bir gölge arayan yalnız kadınlar değil. Yazarlığa ilk adımını atan genç erkekler de kadınlar kadar utangaç" diyor.

Kalabalığın "hadi devam et" çağrısına uyup kendisine bir gölge bulamayan Reşat Nuri'nin öyküsünü anlatmaya devam ediyor:

"Buldanlı Veli ne demiş bizim velinimete biliyor musunuz: 'Müstear ismi zaten gerçek ve tanınmış bir ismi olanlar kullanır. Şimdilik kendi adından âlâ müstear olmaz... Tutarsa hakiki adın olur gider.' Gördünüz mü, yeryüzüne gölge salmak o kadar da kolay değil. Neyse benim velinimet, bir adı olunca beni de kendine gölge yapmış. Yalnız ben değil, başka gölgeleri de var... Bilin ki, mizah da müstear kullanmak için sebeptir. Mesela benimkinin 26 Temmuz 1921 günü, *Kelebek*'te yayımlanan 'Kantocu Kız' yazısındaki şu satırlar bir gölgeye ihtiyaç duyulmadan yazılabilir miydi o zamanlar?"

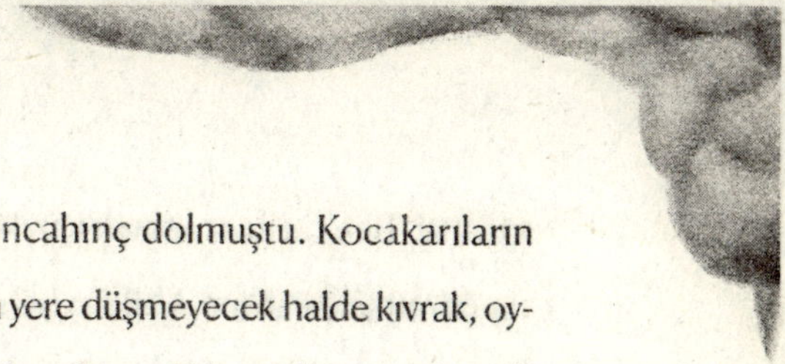

Tiyatro o gece hıncahınç dolmuştu. Kocakarıların dediği gibi iğne atsan yere düşmeyecek halde kıvrak, oynak bir kanto havasıyla –ah o eski kantolar– perde açıldı, bir alkış tufanı içinde Eleniçe sahneye geldi. Şimdiye kadar, bir eşini daha görmediğim bir ayak raksına başladı. Havuzlu bir perdenin önünde yeşil basmadan kulisler arasında pervane gibi uçuyordu. Tiyatro alkıştan, ıslıktan –malum ya bizde ıslık da alkış demektir– yıkılıyordu. Eleniçe'nin pullu kanto elbisesi havalandıkça iç etekliği yoktu. Daha doğrusu ne iç etekliği ne de başka neviden kumaş.

Ertesi gün şehir birbirine giriyordu. Bu büyük rezalet hazmedilemezdi. Eleniçe'yi bizzat vali istintak etti. Hazır bulunanlar anlattılar. Vali onu görünce kaşlarını çatmış, sert bir tavırla: Neymiş o akşamki rezalet... Vücudunun en mahrem aksamını halka göstermeye utanmadın mı, demiş.

Eleniçe yine sükûtunu bozmamış, beyaz parlak dişlerinin en aldatıcı tebessümüyle cevap vermiş: Komiser Bey dedi ki iç eteklerinizi göstermeyi Vali Bey yasak etti. Ben de itaat etmek için kanto elbisemin altında ne varsa çıkardım. Vali gayri ihtiyari gülmeye başlamış ve iç eteklerinin görünmemesi hakkındaki emri geri almış. Eleniçe'yi daha bir hayli günler seyretmiştik. Ah o günler.

Saksağan okumayı bitirince, zayıf, ince yüzlü Mehmet Ali Sel hemen atılıyor:

"Şu işe bak, demek ki bu memlekette kantocular ve yazarlar devlete karşı sürekli tetikte olmak zorundalar!"

Kemal Sadık,

"Tabii!" diyor "Ne sandın, ikisi de insanı günaha sokar alimallah!"

Cemasef, kahkahayı koyveriyor:

"Nedir usta, ne günaha sokar insanı söyle hele?"

Kemal Sadık, Cemasef'i şakayla iteleyerek,

"Git öteye, anladın işte!" diyor.

Ayhan Çağlar,

"Durun ben söyleyeyim, devlet dersinde düşünenler ve sevişenler sınıfta kalır bu topraklarda."

Sonra Saksağan'a dönerek,

"Zaten bunun için şiirimiz günahkâr değil midir üstat?" diyor. Saksağan gülerek başıyla onaylıyor, sonra "Sıra sende" der gibi Mehmet Ali Sel'e bakıyor. Mehmet Ali Sel, cımbızlardan ve aynalardan söz edecekmiş gibi her zamanki muzip ifadesiyle anlatmaya başlıyor:

"Bizimki de tecrübesizliğini benim sırtıma bindirmiş. Oktay Rifat demişti ki bir gün hazret için 'Orhan Veli, galiba atmaya kıyamadığı şiirleri bu adla çıkarıyor.' Bak sen şu işe! Çöpe atamadığın şiirlere Mehmet Ali Sel imzasını at da çık işin içinden. Sonra edebiyat tarihi beni cılız şiirlerin şairi olarak ansın! Olmaz ki, böyle de yapılmaz ki! Onun yüzünden Sabahattin Ali'den laf işitmişliğim bile vardır."

A. Metin, mahcup mahcup Mehmet Ali Sel'e bakıyor. Sırtını sıvazlayarak,

"Vah zavallı" diyor. "Hatırladım, benimkinin Yaşar Nabi Nayır'a yazdığı mektubu. Ama üzülme, o laflar sana değil ki, senin patrona!"

Edebi bir dedikodunun kokusunu alan Cemasef sabırsızca soruyor:

"Ne yazmıştı Sabahattin Ali?"

Mehmet Ali Sel, yarı gücenik yarı alaycı bir tavırla Sabahattin Ali'nin yazısını seslendiriyor:

> Orhan Veli ile Oktay Rifat'ın arkadaşı bir de Mehmet Ali Sel var ki şahsen tanımıyorum. Yalnız sari olduğu anlaşılan bu yeni cinnete o da tutulmuş görünüyor. Tanıdıklarına, akraba taallukatına geçmiş olsun. Sinir ve akıl doktoru Şükrü Hazım, bu konuda bir şeyler yayınladı mı? Etti ise çıktığı yeri bildir lütfen.

Mehmet Ali Sel susunca bir kahkaha tufanı kopuyor. Sonunda kendini tutamayıp o da katılıyor kalabalığın neşesine. Şakalaşmalar, espriler gırla gidiyor. Konstantiniyye Oteli'nde olsalar bu kadar eğlenemeyeceklerdi. Ne iyi etmişler de çıkmışlardı...

Ayhan Çağlar, Mehmet Ali Sel'in omzundan tutup öne doğru itiyor.

"Bu şiirli gecede İstanbul'u ve bizi şiirsiz bırakma İstanbul şairi. Hadi oku bize bir şiir!"

Mehmet Ali Sel ceketinin önünü ilikliyor, çelimsiz vücudunu bir adım öne çıkarıp şiirini okumaya başlıyor:

Yüz sene sonra bugünkü dünyadan
Bir tek insan kalmadığı gün,
Sicilya sahillerinde yaşayan balıkçı
Bir yaz sabahı ağlarını atarken denize
Her zamankinden daha geniş gökyüzüne bakıp
Benden bir mısra mırıldanacak şarkı halinde
Bu dünyadan Mehmet Ali isminde bir şairin
Gelip geçtiğini bilmeksizin.

Bu güzel düşüncenin
Olmıyacağından eminim
Fakat nedense bu iş
Benim pek tuhafıma gidiyor.

“Benden bir mısra mırıldanacak şarkı halinde.
Bu dünyadan Mehmet Ali isminde bir şairin
Gelip geçtiğini bilmeksizin”

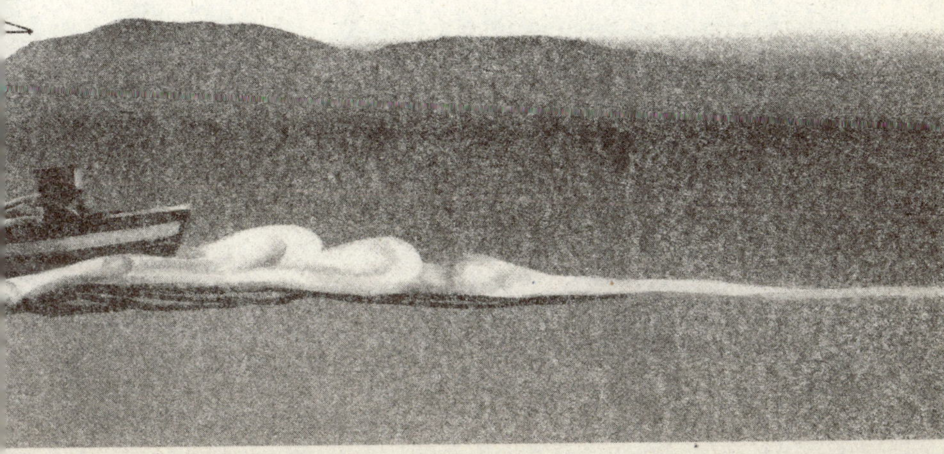

Az önceki neşenin yerini hüzün alıyor. İstanbul şairi, Sicilyalı bir balıkçı tarafından anılmayı arzulamış demek ki... Şiirleri, İstanbul balıkçılarının da dilinde miydi acaba? Gözlerini kapayıp İstanbul'u dinleyen cümle âlem onun dizelerini duyuyor muydu? Gölgeler kapatıyorlar gözlerini; başlarında eski âlemlerin sarhoşluğuyla İstanbul'u dinliyorlar. Otelin pencerelerinden dışarıya yayılan kakofoni duyulmaz oluyor. İstanbul konuşuyor köşe bucağıyla... Gecenin sessizliğinde Orhan Veli'nin dizeleriyle dile gelen İstanbul sesleri...

Saksağan, sessizliği bozup "Şimdi ne diyorlar ona, moderatör mü? İşte ben ondan oldum. Sözü kime vereyim?"

Raşit Kemali atılıyor, "Kolaylaştırıcı demen lazımdı."

Gülüşmeler duyuluyor. Saksağan, Ece Ayhan adıyla tanınan Ayhan Çağlar'a dönüp,

"'Bakışsız bir kedi kara' gibi bakma öyle. Gel de anlat!" diyor.

Ayhan Çağlar, "Bizim patron ismini ikiye bölünce ortaya ben çıkmışım. Gerçek adını gölgeye dönüştürmüş bizim şair. Çok eski zamanlarda kalan şiirlerinin imzasıyım ben" diye anlatmaya başlıyor; sonra Mehmet Ali Sel'e dönerek nispet yapar gibi, "Çöpe atmaya kıyamadığı şiirlerinin değil ama" diyor.

Mehmet Ali Sel, "Adam sen de" der gibi elini sallıyor. Cemasef, aslının Cemal Süreya olmasının verdiği gururu belli etmemeye çalışarak, "Oku da İkinci Yeni daha emeklerken bile neymiş görsünler" diyor Ayhan Çağlar'a. Etrafına gururla bakıyor.

Ayhan Çağlar, fötr şapkasını eline alıp sararmış sayfalarda kalan dizelerini okumaya başlıyor:

[...]

Şekiller çizildi

Hatıra dediğimiz şeyleri verdiler

Yalnızlar gibi dolaştığımız

Sokaklarınızdan geçtik

Evlerinizin ikinci katlarını unutamadık

Güzel insanlar gördük sizlere benzer

Yüzleri kalbimizde

Giden şeylerin arkasından baktık

Sizi ağlatan

Gelen şeylere baktığımız gibi

Sizin isimsiz şeyleriniz yoktu

İsminiz olmalıydı mutlaka

Bazı şeyleriniz unutulmak için

Solgun çiçekleri gibi

Bazı memleketlerin

Sesler vardı ama duyulmuyordu

Misalsiz bir dünyaydı bu

Bize dair

Ne zamandır sesi çıkmayan Halide Salih, dalgın, kendi kendine konuşur gibi,

"Tuhaf şey, sanki bütün şiirler gölgeleri anlatmış. 'Sesler vardı ama duyulmuyordu.' Tıpkı bizim sesimiz gibi. Bir zamanlar şehir bizim seslerimizle inlememiş gibi... Evet, gerçekten de misalsiz bir dünya bu; gölgelere dair, bize dair" diye mırıldanıyor.

Mehmet Ali Sel, "Evlerin ikinci katları, evlerin ikinci katları..." diye tekrar edip duruyor,

Cemasef "Şimdiki evler harika, hepsi gökdelen! Nereden görecek de hatırlayacak evlerin ikinci katını zavallı Ayhan Çağlar?" diyor; sonra sevecen bir tebessümle Ali Kaptanoğlu'na dönerek, "Söyle Kaptan, bu şehir o eski İstanbul mudur?" diye soruyor.

Attilâ İlhan'ın gölgesi gözlerini çok sevdiği İstanbul'un karanlık siluetinde gezdiriyor. Değil tabii... Bu gördükleri eski İstanbul değil... Aslı kendi adıyla İstanbul şiirleri yazarken, gölgesi Ali Kaptanoğlu'na da İstanbul filmleri yaptırmıştı.

"Sesler vardı ama duyulmuyordu"

Hep şehri anlatmak istemişti zaten. Şehir adamıydı o... Sokaklarında acı çektiği, âşık olduğu, polis tarafından kovalandığı, Müjgan'la beraber ağlaştığı şehrin şairi. Ne demişti o:

Şenlik dağıldı, bir acı yel kaldı bahçede yalnız.

Konstantiniyye Oteli'ndeki şenlik de dağılmış. Gölgeler Sultanahmet Meydanı'nda acı bir yelin uğultusu eşliğinde o mahur besteyi dinliyorlar.

Yeşilçam rıhtımına Ali Kaptanoğlu olarak yanaştırmıştı gemisini şair. İzmir Limanı'nı düşleyerek yazmıştı *Yalnızlar Rıhtımı*'nı. Kardeşi Çolpan'ın ağzına Ali Kaptanoğlu'nun kaleminden çıkan o tango nasıl da yakışmıştı.

Martılar çığlık çığlığa her akşam
Bir büyük rüzgâr dağıtır şarkılarımı
İçim boş gemiler boş nereye baksam
Ölüm gibi susar Yalnızlar Rıhtımı

Yalnızım yalnızlık tutuyor kan gibi
Bu korku yalnızlık korkusu gözlerimdeki
Bu sabah yapayalnız öleceğim belki
Ardımdan ağlayacak Yalnızlar Rıhtımı

Hüzünlenerek "Şehir ve tango yakışırdı birbirine o zamanlar" diyor Ali Kaptanoğlu. Çok uzaklardan hüzünlü bir tangonun sesi duyuluyor. Kimsenin görmediği, duymadığı gölgeler tangonun sözlerini tekrarlıyor:

Ardımdan ağlayacak Yalnızlar Rıhtımı

Cemasef, Halide Salih'in önünde reverans yapıyor: "Bu dansı bana lütfeder misiniz?"

Halide Salih "Memnuniyetle" diye cevap veriyor dans davetine. Halide Edip ve Cemal Süreya'nın gölgeleri hiç kimsenin duymadığı bir ezgiyle dans ediyorlar Sultanahmet Meydanı'nda. 1919 Mayıs'ında binlerce insan da, genç Halide'nin okuduğu hürriyet şarkısıyla dans etmemiş miydi?

“Bir büyük rüzgâr dağıtır şarkılarımı”

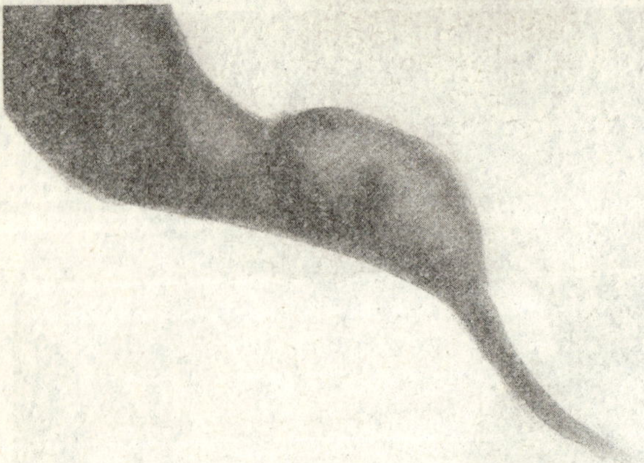

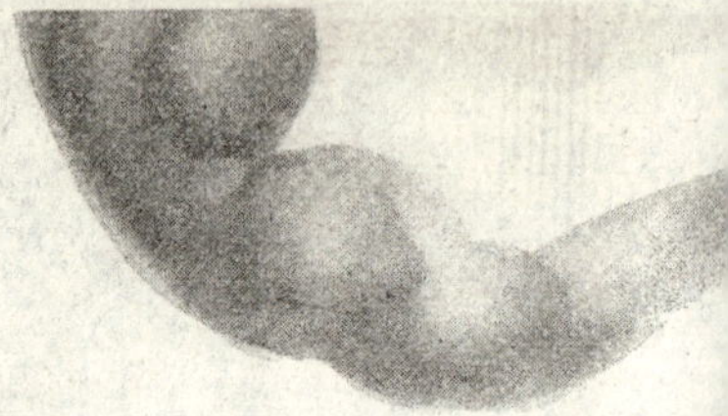

“Ardımdan

ağlayacak

Yalnızlar Rıhtımı”

Dans bitince yere bir gül düşüyor. Halide Salih, gülün atıldığı yöne bakıyor. Karanlığın içinde bir çift mavi göz görüyor. Eğilip yerden gülü alıyor. Ağır adımlarla Asım Us'un yanına gidiyor.

Asım Us, Halide Salih'in elini tutarak,

"Halide Çavuş, savaştığın gibi dans ediyorsun" diyor. Halide Salih'in gözleri doluyor.

"Ne demişti hemcinslerimden biri? Dans edemediğim devrim devrim değildir. Cumhuriyet'le kadınlar dans etmeyi öğrendiler. Utanmadan, korkmadan... Ayaklarını özgür yarınların temposuna uydurarak. Sağ olun Paşam..."

Asım Us gururla bakıyor Halide Salih'e. İkisi de aynı şeyi hatırlıyor sanki... Bir şehri, bir ülkeyi kurtarmak için direnen kalabalıkları. Esir düşen şehirleri... Zincirlerinden kurtulan şehirleri... Bu gördükleri İstanbul, o direnen İstanbul muydu? Kendini çirkinliğe, betona, yağmaya, ranta teslim etmiş bu İstanbul o eski İstanbul muydu?

Attilâ İlhan sormuştu değil mi,

Bu şehir o eski İstanbul mudur?

Elbette değildi. Zamanın eli değiyordu her yere... Ama ne demişti Shakespeare:

Güzelliğin yitmez ki asla olmaz ki hurda;
Gölgesindesin diye ecel caka satamaz
Sen çağları aşarken bu ölmez satırlarda:
İnsanlar nefes alsın, gözler görsün elverir,
Yaşadıkça şiirim, sana da hayat verir.

İşte her şeyi yıkan buldozerlerin önünde duracak olan, bu kelimelerdi. İstanbul'u saklayan, gözeten kelimeler... Şiirler hayat verecekti İstanbul'a... Kelimelerin gölgesi saracaktı İstanbul'u, unutuşun panzehiri kelimelerin gölgesi...

"Martılar çığlık çığlığa her akşam
Bir büyük rüzgâr dağıtır şarkılarımı"

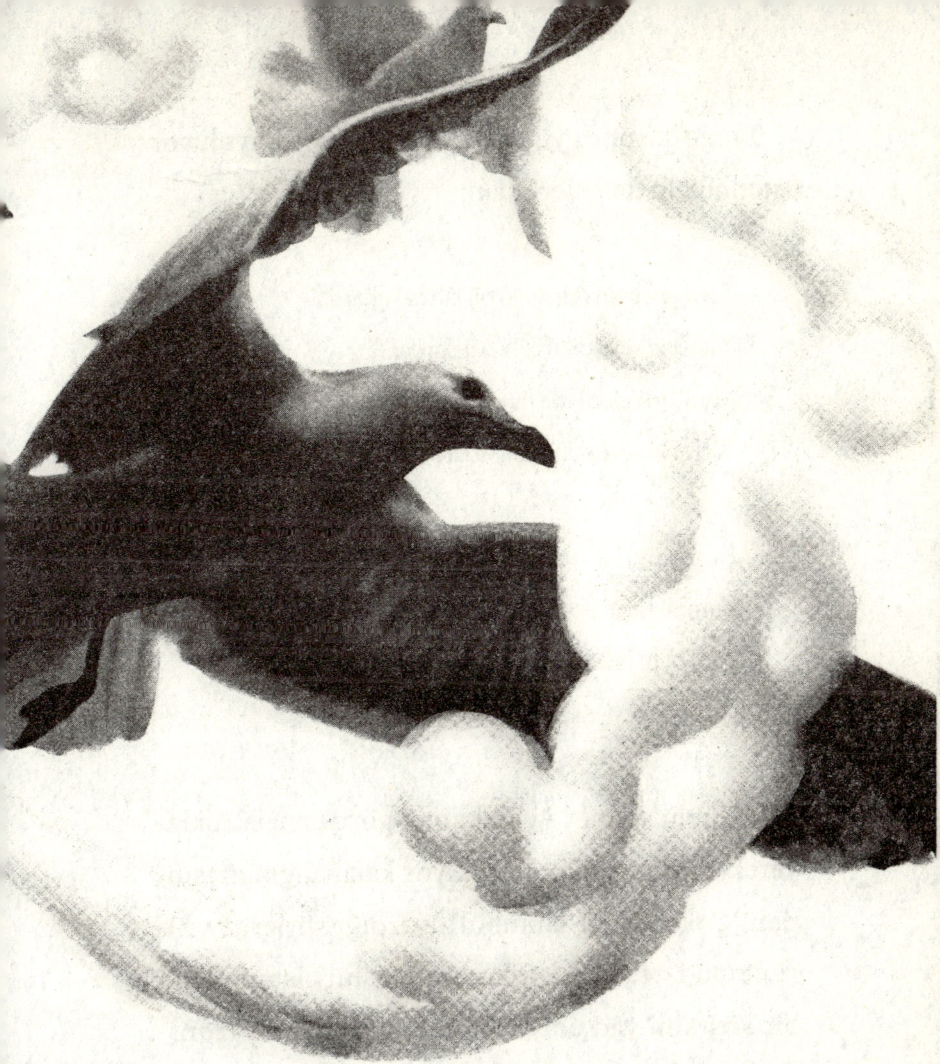

Tango susunca yine çok eski bir şarkı duyuluyor İstanbul'un derinlerinden:

Sen şarkıların durduğu bir lâhza kenarda.
Yâd et ki sevişdikti ilahî Adalarda!
İçlen! Soğuk ellerle hazîn alnını sar da,
Yâd et ki sevişdikti ilahî Adalarda!

Ey şimdi elâ gözleri süzgün, sesi şakrak!
Kumral saçın üstünde görürsen iki üç ak,
Çık kuytu hıyâbanlara, al bir kuru yaprak.
Yâd et ki sevişdikti ilahî Adalarda!

Üsküplü Ahmet Agâh hantal gövdesini sürükleyerek alkışlar eşliğinde çıkıyor kalabalığın arasından. Çok sevdiği İstanbul'a yazdığı şiirlerden biri de bu işte. Müstearlardan her biri İstanbul'un bir köşesini yâd ediyor sanki. Her şeyini yazmışlar mıydı İstanbul'un? Ne kadar çok yazarlarsa yazsınlar anlatılmayan, eksik kalan bir şeyler olacaktı hep. İstanbul'un kimseye göstermediği yüzleri, kimsenin bilmediği âdetleri, günden geceye değişen renkleri, fotoğrafçının kamerasından, ressamın fırçasından, şairin kaleminden kaçan utangaç köşeleri... Hep anlatılmayan bir İstanbul olacaktı... Sokakları dolduran insan kalabalığı... Trenler, martılar, vapurlar... Her gün yeni bir gizini açıyordu Konstantiniyye. Sokaklar geceleri neler yaşandığını unutup ve unutturup sabahla birlikte yeni yaşamlara açılıyordu. Hepsi anlatmıştı İstanbul'u, hepsi çok sevmişti. Hepsinin yâd edeceği bir şey vardı bu şehirde. Aşklar, hüzünler, acılar, sevinçler, sevişmeler, her şeye tanıklık eden meydanlar, sokaklar...

Şimdi izler silinse de her biri hatırlıyor, sevgiliyle buluşulan pastaneyi, ağır ağır çıkılan yokuşları, tramvayın çıngırağını, yoksul mahalleleri, ketum evleri, mehtapta kayık sefalarını, "çamların altında verilen o buseyi..."

Şarkının notaları uzaklardaki martıların çığlıklarına karışıyor, bütün sesler yavaş yavaş sönüyor. Gölgeler hep bir anda dönüp büyük İstanbul şairine bakıyorlar.

Üsküplü Ahmet Agâh anlatmaya başlıyor:

"Bizimkinin asıl adı Ahmet Agâh. İlk şiirlerine Üsküplü imzasını da eklemiş. Asıl adı diye bildiğiniz Yahya Kemal, müstear isim aslında. O kocaman gövdesiyle bir gölge gibi dolaşmış bu dünyada." Ali Kaptanoğlu'na dönerek,

"Seninle ortak noktamız İstanbul diyor. Onun için yazdık, onu sevdik..."

Kalabalık hep bir ağızdan bağırıyor:

"Hepimiz onu sevdik!"

Sokak lambaları müstearların toplandığı yere adeta bir sahne havası veriyor. Sırası gelen sahneye çıkıp hikâyesini anlatıyor, sonra sessiz alkışlarla ödüllendiriliyor. Bu kez Cemasef, Saksağan'dan herhangi bir işaret beklemeden öne çıkıyor:

"Şiirimiz çapkındır abiler!" diyor Ayhan Çağlar'a göz kırparak,

"İkinci Yenicilerin arasına Ali Kaptanoğlu girdi. Şimdi sıra bende. Ben de gölgenin gölgesiyim. Cemal Süreya diye tanınan bizimkinin asıl adı Cemalettin Seber. Ama o da gölgesiz yaşayamayanlardan. Daha toy bir talebeyken, Mülkiye dergisi *Kazgan*'da şiir yazar, desen çizer, Cemasef diye imza atarmış. Bakın şimdi size okuyacağım şiir, gün yüzüne çıkmamış bir şiirdir."

Sonra yüzüne yerleştirdiği çapkınca ifadeyle şiirini okumaya başlıyor:

İşbu şiir üçüncü sınıfta yedi adet
Gönül fersa sultana hitabeder, başlarken.

Birinci adet sultan pek sayın Ülkü hanım
Açıklar mısın niçin Yeşilaycı oldun sen.

Biçare Asüman'a baktım kızarıyordu
Profesör Gravt gözünü kırpıyorken.

Fi tarihinden beri insanları severmiş
En korkunç itirafı dinliyoruz Ülker'den.

Haydi oradan haydi, bilmiyor muyuz sanki
Yani Suzan bu pozlar, bu fiyaka neden?

Kanun-u medenice icra-yı aşka ehil
Neclâ malum sebepten her sabah gelir erken.

Allah'ın bildiğini kuldan saklamasaydım
Tülbent hikâyesini anlatırdım Neriman.

Şiir burada biter ve lakin şu Muazzez
Bitmeyen bir şiirdir koridorda yürürken.

Ayhan Çağlar, Cemasef'e göz kırpıp "Ne çapkın şairimizdin sen Cemal Süreya" diyor. Cemasef gülüyor, Mehmet Ali Sel'in sırtını sıvazlayarak "Orhan Veli kadar olamam ya, o 'Aşk Resmi Geçidi'nde tam 12 kadın sayıyor. Ben yedide kalmışım. Çapkınlık mı denir buna allasen?"

Mehmet Ali Sel övünür gibi bakıyor kalabalığa. Müstearlar canlanıyor birden. Herkes çapkınlık hikâyeleri bulup çıkartıyor bir yerden... Yorulunca-ya kadar kim daha çapkındı diye tartışıyorlar.

Kemal Sadık hüzünlenmiş, bir köşede gürültücü kalabalığı izliyor. Kimi polis korkusundan, kimi geçim derdinden, kimi de utangaçlıktan gölgeler yaratmıştı kendine. Edebiyat dünyası gölgeler diyarıydı adeta. Binlerce isim, milyonlarca yazı.

Gölgelerin izini sürüp asıllara ulaşıyordun. Bulunca da eski bir dostu bulmuşçasına seviniveriyordun: "Aaa, sen miydin?" Yabancı bir ismin ardında tanıdık bir yüzü görünce, katili yakalamış külyutmaz dedektif edasıyla gururlanıyordun. Yazar ise çoğu zaman polisle, savcıyla, kimi zaman da okurla ya da eleştirmenle saklambaç oynuyordu: "Ben bir gölgeyim sayfanın ortasında, ne sen bunun farkındasın ne de polis farkında."

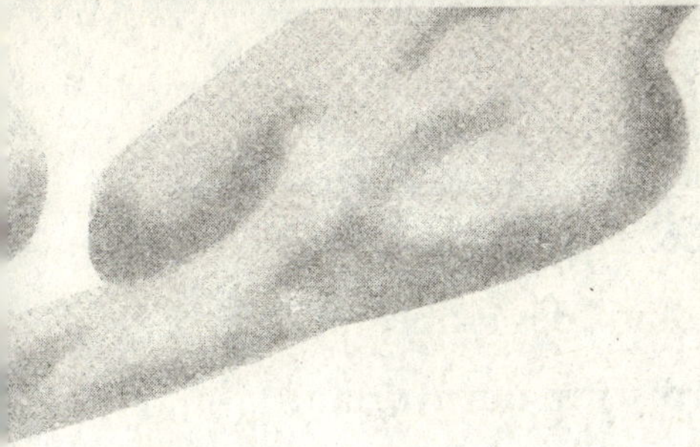

"Elbet bir gün, bizim de sevgilim
Köyümüzde beyaz badanalı bir evimiz olur..."

Kelimeler seni asıllara götürüyordu. Zaten çoğu zaman "beni bul sevgili okur" dercesine, ipuçlarını sayfaların arasına serpiştirip duruyorlardı. Polisten başka herkesler bilsin. Zaten sadece gölge olarak kalmayı kim isterdi ki?

A. Metin, Kemal Sadık'a bakıyor. Aklından geçenleri okur gibi. Nasıl okumasın, az gizlememişlerdi velinimetlerini polisten. Evet, her gölge bir hikâyeydi bu topraklara dair. Bir gölge oyunu.

Saksağan kendi aralarında gülüp konuşan gölgeleri bir el işaretiyle susturduktan sonra, F.M. İkinci'ye dönüp,

"Sıra sende" diyor.

F.M. İkinci, bıyıklarını sıvazlayarak gülüyor:

"Ne garip değil mi, bizim efendi edebiyattan saymadığı polisiyeyle doyurmuş karnını. Edebiyat kimin karnını doyurmuş ki zaten? Peyami Safa, Server Bedi'nin evinde yaşayıp gidiyoruz demiş ama bizim Kemal Tahir nanköründen öyle bir şey duymadım. Halbuki kim vermiş ona o kadar parayı?"

Gölgeler edebiyatın karın doyurmadığına dair hikâyeler anlatmaya başlıyorlar kendi aralarında. Ama F.M. İkinci, lafı almışken bırakmak istemiyor. Elini kaldırıp kalabalığı susturuyor:

"Mayk Hammer'ın hikâyesini bilirsiniz değil mi? O zamanlar yüz binler satan Mayk Hammer romanlarını F.M. İkinci adıyla çevirirmiş bizimki. Millet Mayk Hammer müptelası olmuşken, yazar Mickey, sen tut Yehova Şahidi ol, yazmayı da bırak! Hal böyleyken, Çağlayan Yayınları, Kemal Tahir'e gelip 'Aman ayağına düştük! Millet Mayk Hammer diye yanıp tutuşuyor' demiş. Bizim ağa kolları sıvamış. Ömründe New York'u görmemiş ama ne gam! Bir şişe viski, bir de New York haritası yetmiş de artmış bile hayal gücünün motorunu çalıştırmaya."

Raşit Kemali hemen atılıyor:

"Mayk Hammer Çorum ağzıyla konuştuğuna göre, senin ağa Çorum haritasına bakmış olmalı."

Bir kahkaha kopuyor. Çorum ağzıyla konuşan Mayk Hammer kahramanlarını hatırlamak herkesi neşelendiriyor bir anda. Müstearlar gülüşlerini ardına gizledikleri ciddi bir ifadeyle F.M. İkinci'ye bakıyorlar. F.M. İkinci devam ediyor:

"Çağlayan Yayınları hemen bir ilan yayımlayarak okurlarına müjdeyi vermiş:"

> Çağlayan Yayınevi'nin okuyucuları için yapmayacağı hiçbir şey yoktur. (...) Üzülmeyiniz, Çağlayan sevimli kahramanı ölümden kurtardı! Mayk yaşamaya ve dövüşmeye devam edecek, hem de yeknesaklıktan kurtulmuş, yepyeni tarz maceralarla... Tatlı kalemiyle Mayk Hammer romanlarını tercüme ede ede bu üslupta ustalaşmış olan F.M. İkinci'nin yazdığı ilk macerayı tetkikinize arz ediyoruz.

"Şimdilerde roman kahramanlarının ölümü okurları üzer mi acaba?" diye bir soru atıyor ortaya Raşit Kemali.

Saksağan, "Valla onu bilmem de, duyduğuma göre şimdilerde televizyon dizilerinde ölen mafya babaları için ölüm ilanı veriliyormuş. Bizim fukaraları soran eden olmaz herhalde" diyor.

İnanmaz gözlerle birbirlerine bakıyorlar. Yüzleri geçmişin hüznüyle gölgeleniyor. Gölgeler ebedi değil mi yoksa? Silinip gidecekler mi onlar da, İstanbul gibi?

Saksağan, köşesinde sessizce duran A. Metin'e bakıyor. Yalnızca geçim derdi için değil, gerçeği söylemek için gölge kuşananlardan biri o. Gerçeği söylersen devletin gölgesi düşer peşine. Sen bir gölge olup kaçmaya çalışırsın. Şehirler sana bir tuzak olur, kelimeler yasak. Gölgeleri konuşturursun. Susmaya için elvermez ama devletin öfkesinden hiçbir gölge koruyamaz seni. Artık tek derdin, ucunda ölüm de olsa, başını öne eğdirmemektir. Saksağan, düşüncelerinden sıyrılıp A. Metin'e doğru bir adım atıyor, "Gel, gel de anlat" diyor. A. Metin, o karanlık savaş yıllarında, "Çok çocuk yapın" diye haykıranlara seslendiği yazıyı hatırlıyor:

> Hayır, rızkını vermediğimiz, veremediğimiz müddetçe ne çocuk, ne nüfus isteyemeyiz. Karnını doyuramadığımız, sıhhatini koruyamadığımız, tahsilini temin edemediğimiz her çocuk, "Bu memlekete yüz milyon lazım!" diyenlerin gözüne, onları gaflet uykularından uyandırmak için sokulmuş birer parmaktır. Bize yarının hastanelerini, darülacezelerini, cezaevlerini dolduracak, cahil, mesleksiz, serseri yüz milyonun lüzumu yok! Bize, insan gibi yaşamak, hayatın nimetlerinden istifade etmek imkânlarına, hiç olmazsa bu sakat tedbirleri tavsiye edenler kadar sahip yirmi milyon vatandaş, daha faydalıdır. Bunun için, işi kabuğundan değil, çekirdeğinden ele almak, evvela bu memlekette sefaletle, cehaletle, içtimai müsavatsızlıkla, hülasa bütün geri taraflar-

la hep birden mücadele etmek lazımdır. Hiçbir içtimai mesele tek başına var olamaz, hepsi birbirine zincirleme bağlıdır. Zincirin bir halkasını ele alıp üst tarafını unutursak, köylerde on çocuk doğurup bilgisizlik, bakımsızlık, sefalet yüzünden ancak ikisini yaşatabilen anaları; sıtmadan, veremden ölen, trahomdan kör olan yetişkinleri düşünmeden "Fazla çocuk doğurmuyoruz da ondan küçük ve geri millet olarak kalıyoruz!" diye bağırırsak, gülünç vaziyete düşmüş oluruz.

Bize yeni bir hayat getirecek yeni bir nesil, yeni bir hamle, yeni bir dünya görüşü gerek. Ama istediğimiz bu yeni hayat, yukarıda söylediğimiz çocukların sattığı cinsten, sefil ve korkunç bir "Yeni hayat!" değil.

Her şey nasıl da bugündü. Değişmeyen bir şeyler vardı sanki... Sabahattin Ali yaşasaydı, bu yazıyı bugün de yazacaktı demek ki... Bugün de "çok çocuk" değil, sokaklarda dilenen, savaşın yerinden yurdundan ettiği çocuklar için yeni bir hayat dileyecekti... Ve belki bugün de...

"Başın öne eğilmesin
Aldırma gönül, aldırma
Ağladığın duyulmasın
Aldırma gönül, aldırma"

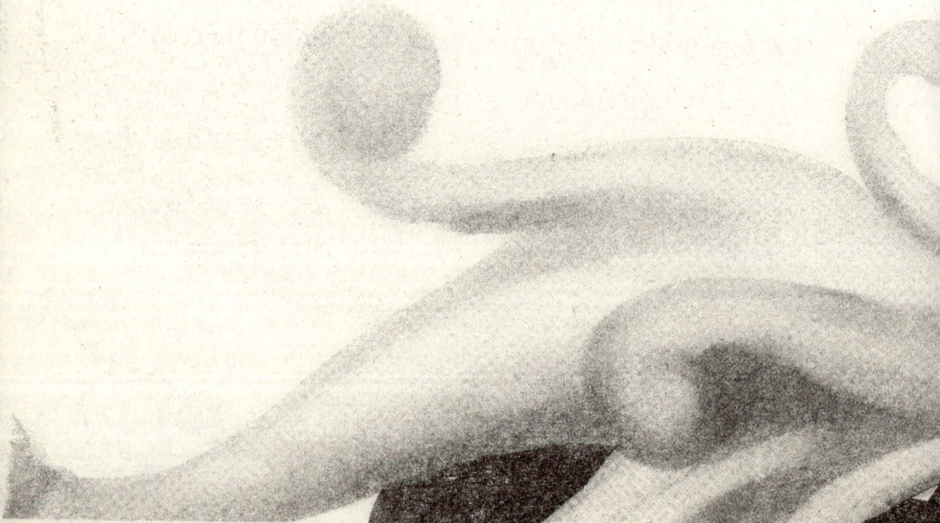

A. Metin yazıyı okumayı bitirip, "O yeni bir hayat için yaşadı, yeni bir hayat için canını verdi" diyor kalabalığa.

Anadolu öğretmeninin bilge bakışları dolaşıyor kalabalığın üzerinde. Şimdi bütün müstearların dilinde bir şarkı var:

Başın öne eğilmesin
Aldırma gönül aldırma
Ağladığın duyulmasın
Aldırma gönül, aldırma

Dışarda deli dalgalar
Gelir duvarları yalar
Seni bu sesler oyalar
Aldırma gönül, aldırma

Görmesen bile denizi
Yukarıya çevir gözü
Deniz gibidir gökyüzü
Aldırma gönül, aldırma

Orhan Selim, Sinop Cezaevi'ni, orada yatan Sabahattin Ali'yi düşünüyor. Karadeniz'in deli dalgalarıyla oyalanan düş gücünü... Sabahattin Ali "Aldırma gönül" demişti, Orhan Selim'in aslı da "Yeter ki kararmasın sol memenin altındaki cevahir!" Demek ki kalın duvarların ardında insan böyle ayakta kalıyordu. Hep bir umut vardı, hep bir direnç. Yaşamın gölgesi hep insanın üstündeydi.

Mehmet Ali Sel, kendi kendine mırıldanır gibi, "Gölgeler 'Kral çıplak' diye bağıran cesur yüreklerdir" diyor.

Cemasef, iç çekerek "Her ölüm erken ölümdür ama onunki..." diyor, sözlerini tamamlayamıyor.

Saksağan, ölümün ağır havasını dağıtmak için Kemal Sadık'a dönüp, "Hadi bakalım Çukurova yiğidi, sıra sende!" diyor.

Kemal Sadık,

"Bizde de gölgelerle asıllar birbirine karışmış. Benimkinin asıl adı Kemal Sadık Göğçeli. Daha Yaşar Kemal olmadan önce, henüz çiçeği burnunda bir delikanlıyken, ırgatlık yapıp karnını doyurmaya çalışırken, şiirler yazarmış. Bilirsiniz Çukurova'nın taşı toprağı şiir. Umut fakirin ekmeği demiş ya şair, bizimkinde de umuttan bol ne var:

Elbet bir gün, bütün çiçekler beyaz açar
Hür ve mes'ut bir şarkı halinde
Penceremizden uzanır nur.
İstediğimiz şekilde doğar gün,
Dilediğimiz gibi yağar yağmur.

Gök yüzüne hayranlığımız biter;
Kapımıza çırılçıplak gelen bahar,
Bir tohum halinde toprağa düşer.
Bizim için başka türlü eser rüzgâr
Bahçelerin aşinalığı artar.
Herkes gibi biz de doyasıya yaşarız hayatı

Yıldızlar dilimizle konuşur.
Elbet bir gün, bizim de sevgilim
Köyümüzde beyaz badanalı bir evimiz olur...

Ali Kaptanoğlu,

"Ne garip, şehirlerde pembe panjurlu, köylerde beyaz badanalı evler. Umutlarımız da, hayallerimiz de köyün çitlerini, evin duvarlarını aşamamış; nasıl da çocukmuşuz, nasıl da masum!" diyor.

Raşit Kemali gülümsüyor, Saksağan'dan bakışlarıyla izin isteyip: "Çukurova'dan devam edelim bari. Ben de bir müstearın gölgesiyim. Bizimki Orhan Kemal diye bilinir ama asıl adı, Mehmet Raşit Öğütçü... Asker ocağında yazdığı şiirleri Raşit Kemali adıyla yayımlamış... Ama o zamanlar hayran olduğu bir şair var..."

Sözün burasında dönüp Orhan Selim'e bakıyor, gözleri dolu dolu. Orhan Selim, Raşit Kemali'nin yanına gelip elini tutuyor. Raşit Kemali, yutkunarak devam ediyor:

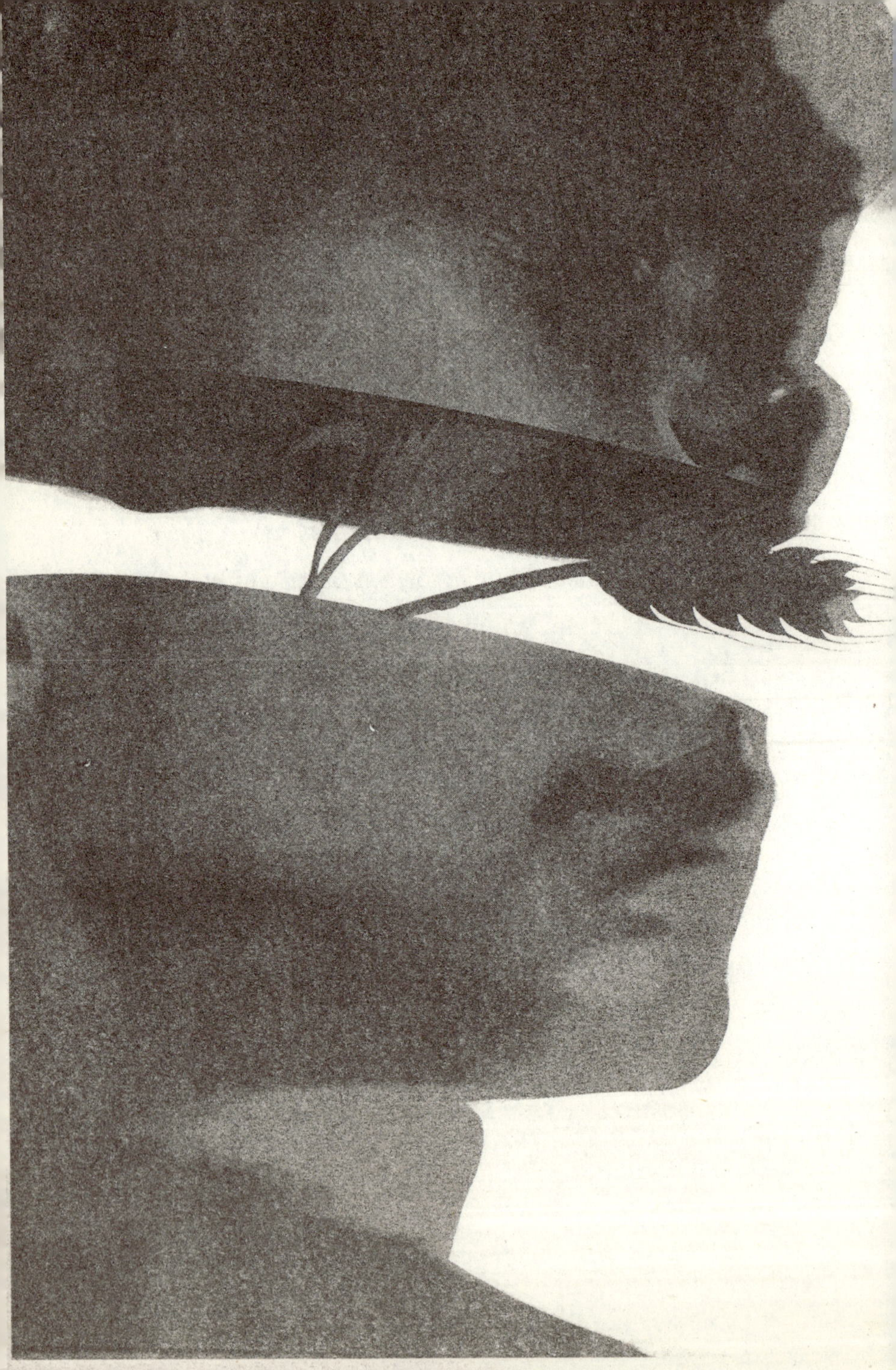

“Elbet bir gün, bütün çiçekler beyaz açar
Hür ve mes’ut bir şarkı halinde
Penceremizden uzanır nur”

"Bizimki Mavi Gözlü Dev'in şiirlerini okuduğu için hapse düşmüş. Bir de ne görsün, karşısında o çok sevdiği şair. Şiirlerini okutup fikrini sorarmış Mavi Gözlü Dev'e ama bir türlü beğendiremezmiş.

Peki kardeşim, bütün bu lafebeliklerine, hokkabazlıklara, affedin tabirimi, ne lüzum var? Samimiyetle duymadığınız şeyleri niçin yazıyorsunuz? Bakın, aklı başında bir insansınız. Duyduklarınızı, hiçbir zaman duymayacağınız bir tarzda yazıp komikleşmekle kendi kendinize iftira ettiğinizin farkında değil misiniz?

dermiş Mavi Gözlü Dev, acemi şaire sözünü hiç sakınmadan.

Böylece, Bursa kalesi okul olmuş bizimkine. Öyküler, düzyazılar yazmış. Hapisten çıkarken, şiirlerine 'berbat' diyen hocasına, onu ağlatan en güzel şiirini okumuş:"

Sen

"Promete'nin çığlıklarını

Kaba kıyım tütün gibi piposuna dolduran adam"

Sen benim mavi gözlü arkadaşım

Kabil değil unutmam seni.

26 Eylül 1943

Seni yapayalnız bırakıp hapishanede

bir üçüncü mevki kompartımanda pupa yelken

koşacağım memlekete.

Ve tren

bir güvercin gibi çırpınarak istasyona girecek,

gözü yaşlı bir genç kadına

beş senenin ardından

Kocasını getirecek.

O dem –ki boş verip istasyon halkına–
yanaklarından öperken sevgilimi
sen neşeli mavi gözlerinle bakacaksın
içimden bana
O dem –ki yürekten her şey atılacak–
EKMEK – KİN – HASRET
fakat NÂZIM HİKMET
sen şu kadar kilometre uzakta kalmama rağmen
aydınlık yüreğimin duvarına dayayıp sarı saçlı başını
batan bir yaz güneşi hüznüyle ağlatacaksın arkadaşını

Günler geçecek
ekmek derdi çökecek omuzlarıma.
Fabrika.
Makinalar.
Tezgâhım.
Sana şekerkamışı, portakal yollayacağım.
Karım yün çorap örecek.
Her hafta mektup yazacağız.
–Askere almazlarsa eğer–

Unutabilir miyim seni ?
Tahtakurusu ayıkladığımız hapishane gecelerini
Ve radyoda şark cephesinden haber beklediğimiz
müthiş anların küfürünü!
–Radyonun yanındaki duvara
kurşunkalemiyle abûs insan yüzleri çizmiştin–

Unutabilir miyim seni hiç?
Hâlâ beton malta boylarında duyuyorum
takunyalarının sesini!

Unutabilir miyim seni hiç?
Dünyayı ve insanlarımızı sevmeyi senden öğrendim,
hikâye, şiir yazmayı
ve erkekçe kavga etmeyi, senden!

Orhan Selim'in yanaklarından yaşlar süzülüyor. Hapislikler, dostluklar, sürgünler, kavgalar ve aşklarla dolu hayatını hatırladıkça, "çelimsiz" Orhan Selim, bütün İstanbul'u avucunun içine alacak kadar devleşiyor.

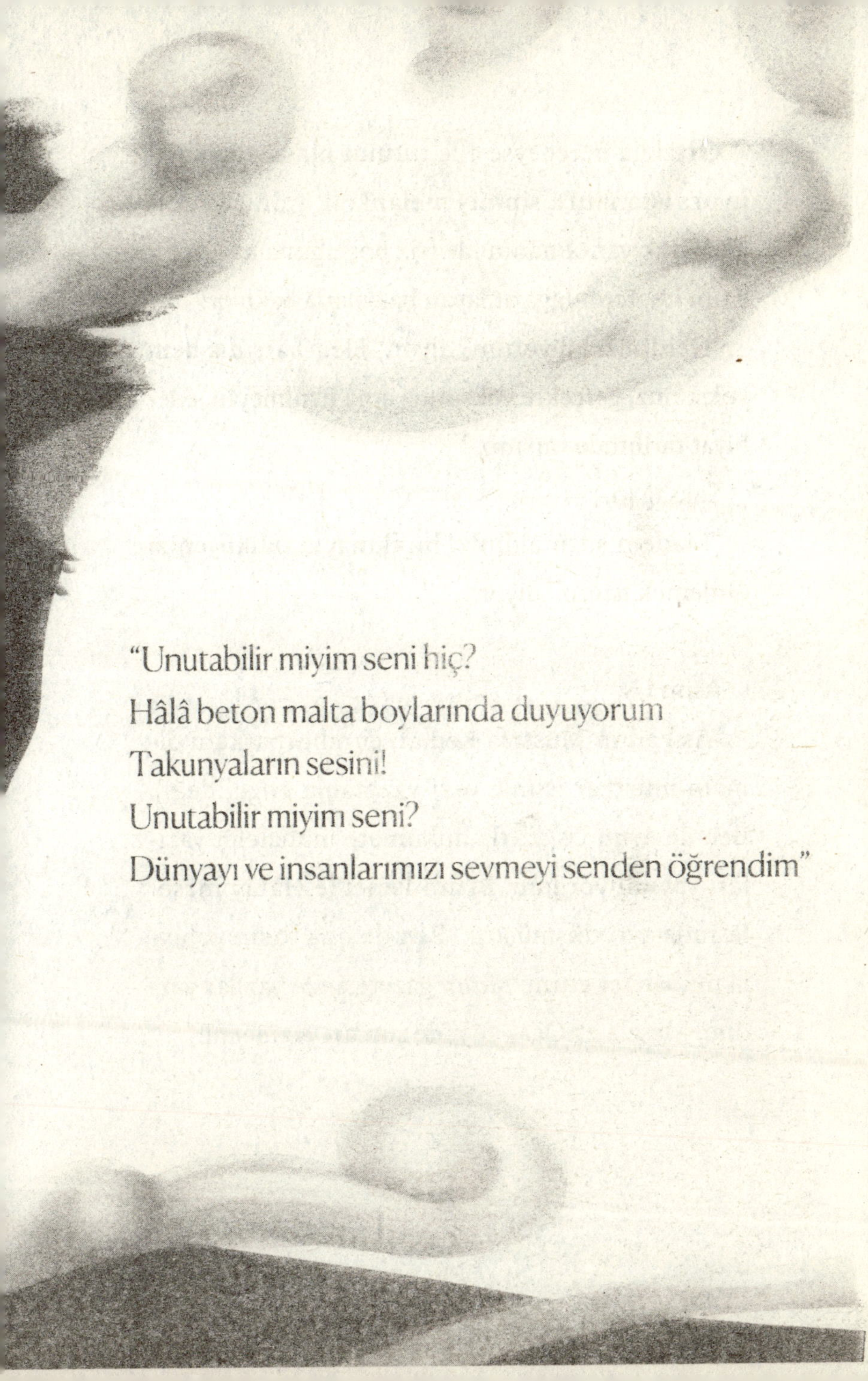

"Unutabilir miyim seni hiç?
Hâlâ beton malta boylarında duyuyorum
Takunyaların sesini!
Unutabilir miyim seni?
Dünyayı ve insanlarımızı sevmeyi senden öğrendim"

Ortalığa neredeyse elle tutulur bir hüzün yayılıyor; İstanbul'a sinmiş melankoli, yalnızca gölge olarak var olmanın tarifsiz boşluğuna karışıyor. Asım Us, topluluğa anlayan bakışlarla bakıyor.

"Derdinizi biliyorum" diyor. "Hem varsınız hem yoksunuz, gerçekte yoksunuz ama üzülmeyin, edebiyat tarihinde varsınız."

Saksağan,

"Madem sözü aldınız, bırakmayın. Hikâyenizi dinlemek isteriz" diyor.

Asım Us,

"Asıl adım Mustafa Kemal; cumhurbaşkanı olmam müstear isimle yazı yazmama engel değil. Ben de Asım Us adıyla hükümete muhalefet yazıları yayımlıyordum. Bizim İsmet'le Hatay meselesinde ayrı düşmüştük. Ben de ona basın yoluyla muhalefet ettim. *Kurun* gazetesinde yazılar yazdım. Mesela 27 Ocak 1937'de şunları yazmışım:"

> Türkiye Cumhuriyeti çok haklı olduğu Hatay davasını ortaya atarken bunun bütün sonuçlarını düşünmemiş olduğunu kim iddia edebilir? Dava uluslararası olmuştur. Davasında haklı olan Türkiye'dir. Artık dinlenilecek sözün kimin ağzından çıktığına çok dikkat etmelidir. Türk'ün sözü, Türk'ün haklı ve yerinde sözü Türk'ün kendisidir. Ona uymamak, onu tanımamak, onu hiçe saymak, buna cesaret gösterenlerin düşünmedikleri akıbetle karşılaşacaklarına asla şüphe etmemelidir.

Gençler onu hürmetle dinliyorlar. Asım Us, "Ben de hem varım hem yokum" diyor. "Bizi kimse göremez, sesimizi duyamaz, bizimle konuşamaz ama adımızı gazetede, dergide, kitapta görür, yazdıklarımızı okur. Böylece sadece yazı âleminde var oluruz."

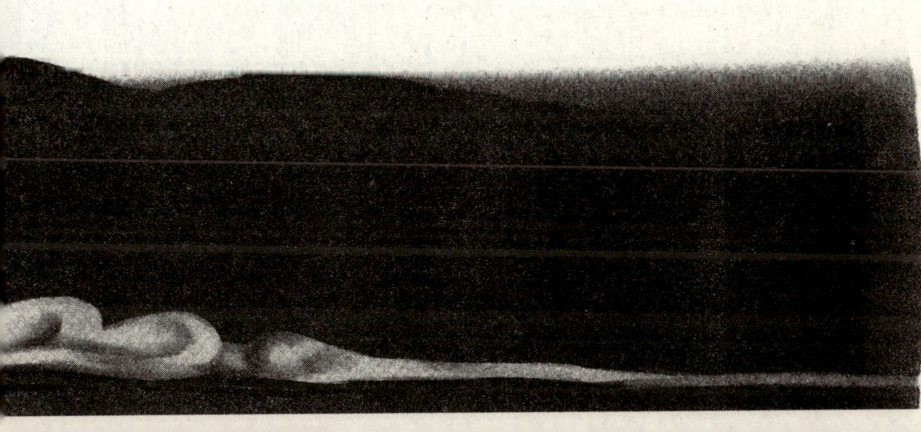

“Bizi kimse göremez, sesimizi duyamaz,
bizimle konuşamaz”

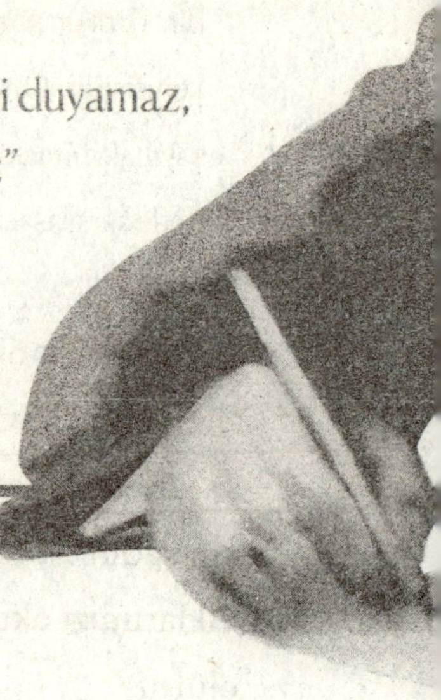

Ay ışığında Ayasofya'nın devasa gölgesinin altına sığınırken sakallı, orta boylu, tıknaz biri daha geliyor yanlarına. "Adam haklı, boşuna üzülmeyin" diyor. "İçeride size öyle davrananlar, beş-on yıl sonra hepten yok olacaklar ama sizin adınız asırlarca devam edecek, yazılarınız asırlarca okunacak. Ayasofya'nın gölgesi gibi siz de birer gölgesiniz; aslınız sizi var etti, gölgesiz varlık olmaz ama gölgenin de gölgesi olmaz, bakın bakalım gölgeniz var mı?"

Bu akıllı sözleri söyleyen sakallı adama, "Adını bağışla ey bilge adam" diyorlar. O da gülümseyerek "Avnî" diyor. Gençler titriyor, "O büyük Avnî mi, o sahiden siz misiniz efendim?" diye soruyorlar. "Evet" diye karşılık veriyor Avnî, "ben de sizler gibi isim sahibiyim ama cisim sahibi değilim. Bilirsiniz, şiirimizde gelenektir mahlas kullanmak" deyip şiirini okuyor:

Galata'yı gören, bağlamaz gönlünü cennete bile
Anmaz başka bir selvinin adını o selvi boyluyu gören
Frenk şiveli bir İsa gördüm ki orada
Dudakları dirisidir sanki İsa'nın derdi bunları gören
...
Bir Frenk kâfir olduğunu bilirdi Avnî
Belindeki keşiş kuşağını ve boynundaki haçı gören

İçlerinde en şişman olan Üsküplü Agâh, "Lebbeyk" diyor, "sultanım bu ne büyük şeref..." Avnî, "Sultan değilim ki ey şair" diyor, "sadece onun gölgesiyim ben de, senin gibi bir cisimsiz şairim. Aslolan odur, biz laedriyiz."

Asım Us bu kelimeye itiraz ediyor: "Bu arkadaşların yazdıkları anonim değil ki laedri diyorsunuz, hepsi adıyla yazıyor; tek fark isimlerinin başka bir ismin gölgesi olması. Bu yüzden bence bir ad vermeyelim, hepsi zaten ünlü olan adlarıyla yaşasınlar."

"Bağlamaz Firdevs'e gönlüni Galata'yı gören
Servi anmaz anda ol serv-i dilârâyı gören.
Bir Frengi şivelü İsa'yı gördüm anda kim
Lebleri dirisidür dir idi İsa'yı gören

Bir Frengi kâfir olduğun bilürdi Avniya
Belün ü boynunda zünnâr u çelîpâyı gören."

Bu öneri, gençlerin daha çok hoşuna gittiği için el çırparak alkışlıyorlar ama mübarek meydanda hiçbir seda tınlamıyor.

Hâlâ kendisine gelememiş olan Üsküplü, "Sultanım" diyor. "Siz hem fethiniz, hem de şiirinizle dünya durdukça var olacaksınız, biz öyle değiliz."

Orhan Selim söze karışıyor, "Bence Asım Us da öyle" diyor. "Dünya durdukça, bu adıyla değil ama asıl adıyla var olacak, biz öyle değiliz."

Asım Us, Orhan Selim'e dönüyor, gülerek, "Siz de" diyor, "Nâzım Bey, siz de! Bu arada aslımı, sarışın bir kurda benzetmiş olmanızı unutmuş değilim; Selanikli olduğunuzu da."

O sırada uzun boylu Orhan Selim birden başını eğiyor, çünkü birbirlerine iltifat etmekte olan göl-gelerin üstünden bir cisim, neredeyse kafasına çarpacak kadar yakından uçarak geçiyor. Rüzgârından Orhan Selim'in dağınık sarı saçları dalgalanıyor. Bir tabut bu; uçan bir tabut. Ayasofya'dan Sultanahmet'e doğru yükselerek gidiyor; minarelerin ışıklarına yakalanan beyaz martılarla oynaşıyor, havada giden bir kayık gibi gökyüzünde uçarak, sonra aşağı doğru pike yapıyor. Müstearlar grubu hayretle bakıyor tabuta. Sadece Avnî, manalı manalı gülümseyerek sakalını sıvazlıyor, "Yetmedi mi Ya Vedûd?" diyor. "Her gece divane pervaneler gibi dönüp durmaktan bıkmadın mı?"

Tabut sanki Avnî'ye cevap verir gibi daha da hızlanarak fırdolayı dönüyor meydanda, sonra Sultanahmet Camii'nin minareleri arasından geçip Marmara Denizi'ne doğru uçuyor.

Müstearlar hayretle bakıyorlar tabutun arkasından. Sadece, "Süleymaniye'de Bayram Sabahı" şairinin gölgesi Üsküplü Ahmet Agâh, "Ah Ya Vedûd" diyor, "ah Ya Vedûd! Bu aziz şehrin fethini elli gün geciktirdiğin yetmiyormuş gibi şimdi de kendi gök kubbemizde tabutunu bir zeplin gibi dolaştırıyorsun. Evliyalara hürmetimiz sonsuz ama..."

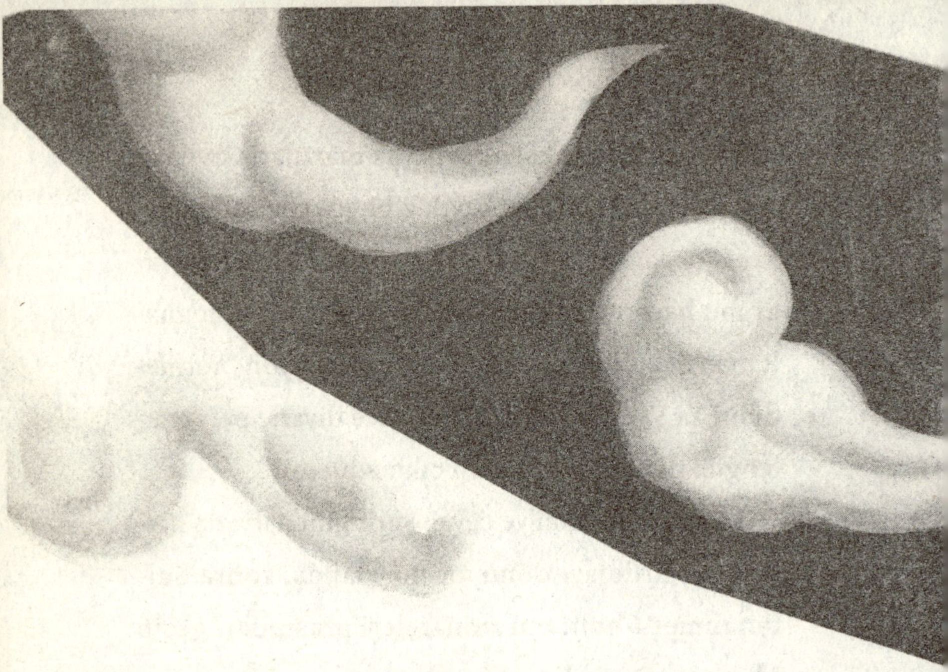

Bir tabut bu; uçan bir tabut. Ayasofya'dan Sultanahmet'e doğru yükselerek gidiyor; minarelerin ışıklarına yakalanan beyaz martılarla oynaşıyor, havada giden bir kayık gibi gökyüzünde uçarak, sonra aşağı doğru pike yapıyor.

Avnî onu bir el hareketiyle susturuyor. "Mübarek bir zattır o" diyor. "Cennetle müjdelenmiştir. Konstantiniyye'yi fetih müyesser olup şehirde onun naaşını bulduğumuzda, cenaze namazını kılıp defnetmek istedik. O anda arşıâlâdan bir ses duyuldu, 'O yıkanmıştır ve dahi namazı kılınmıştır ve dahi cennete alınmıştır' diye. İşte o vakit bu tabut semaya uçtu." Avnî azametli bir tavırla Üsküplü'ye dönüyor ve "Madem sen biliyorsun, arkadaşlarına anlat bu hikâyeyi" diyor ve bir anda gözden nihan olup, gaip âlemine karışıyor. Sanki ne gelmiş ne gitmiş gibi.

Üsküplü, padişahından emir almış bir sadrazam edasıyla, "Ya Vedûd Sultan'ı anlatayım size o zaman" diyor, "çünkü hünkârım emretti, vacip oldu. Sultan Mehmed Hazretleri, Konstantiniyye'yi haftalar boyu varyemez toplarıyla dövdü, surları hâk ile yeksan eyledi ama yine de şehir düşmedi. Bunun üstüne ulu hocalar, dervişler dediler ki, 'Sultanım bu şehirde iman sahibi bir zat var, adına Ya Vedûd Sultan derler, işte bu zat her gün dua eder ve Konstantiniyye düşmesin diye Allah'a yalvarır ama az vakti kaldı; muhasaranın elli üçüncü gününde vefat eyleyecek, sonra da size zafer müyesser olacak.' Dedikleri gibi de oldu. Sultan Mehmed Hazretleri ve hocalar şehre girince Ayasofya mabedinde bu zatın naaşını buldular. Onu yıkayıp defnetmek istediklerinde, biraz önce Avnî Hazretleri'nin anlattığı gibi arşıâlâdan bir seda duyuldu ve tabut uçup gitti."

Ayhan Çağlar "İyi ama" diyor, "bir şeyi anlayamadım; kafam karıştı. Konstantinopolis düşmesin diye dua ettiğine göre bu zat Hıristiyan mıymış? Eğer Hıristiyan'sa nasıl İslam evliyası olmuş?"

Üsküplü, "Bu şehir evliyalar mekânıdır" diyor. "Nice Hıristiyan azizi, yatır olmuştur da ziyaret yeri haline gelmiştir; Müslüman ahalinin bağladığı çaputlardan görünmez mezarları. Her sene Aya Yorgi'ye dizlerinin üstünde giden müminler Müslüman değil mi?"

O sırada F.M. İkinci "Zaten" diyor, "Sultan Mehmed Hazretleri'nin muhterem zevcesi Gülbahar

Hatun da İsa ehliydi ve hiçbir zaman İslam'a dönmedi. Hıristiyan olarak öldü."

Kemal Sadık, "Zaten bu şehirde neyin Rum neyin Türk olduğunu ayırt etmek, bir bürümcük tülbendin iki yüzünü sıyırarak birbirinden ayırmaktan daha zordur" diyor. "Evliyaları da öyle. Ya Vedûd Sultan'ın dinini bilmemize imkân yok."

Gölgeler artık içlerini döktüklerini, var olabilmek için bundan daha fazla bir şey yapamayacaklarını anlamış olmalılar ki yavaş yavaş dağılmaya başlıyorlar. Ortalığa sabah sisi gibi koyu bir hüzün çöküyor. Dağılacaklar ama gidecekleri bir yer yok, daha doğrusu zamanın sonuna kadar yokluklarında var olmayı sürdürecekler. Tam o sırada kendilerine doğru yaklaşan ince, yakışıklı bir şair nefes nefese "Geç kaldım" diyor. "Sizin âleme şimdi geldim ama kavuştuk işte. Bu ne hüzün, bu ne sessizlik yahu!"

Cemal onu görünce sevincini saklayamıyor, "Bu buluşmamız da Üçüncü Yeni oluyor herhalde Ülkü" diyor. Kemal Sadık da "Niye acele ettin Antepli?" diye soruyor, "Biz buralardayız, daha beklerdik seni."

Saksağan,

"Ama bu âleme müstearsız girilmez" diye sesleniyor yeni gelene. "Şimdi bize gölgenin adını bağışla ki, şölen tam olsun!"

Yeni gelen, "Hay hay" diyor, "En Avrupai müstear bende. Efendim, bendeniz William Flynn, yani Ülkü Tamer!"

Kalabalıktan "Oooo" sesleri yükseliyor.

"O vakitler, İngiliz dergilerinden illüstrasyonlar gelmekte. Bunları bizim dergilere satacaklar ama çıplak illüstrasyonu kim ne yapsın? Osman Necmi Bey demişti zaten, 'Bize yazsana.' Doldurdum illüstrasyonları çantaya, doğru eve. Baktım resimde bir ay, önünde de bir delikanlıyla genç kız öpüşmekte. Hayal gücüm oracıkta fısıldadı bana: 'Mehtapta Orkideler.' Tabii kahramanlar da John, Richard, Mary, Liz. Haliyle Ülkü Tamer de oldu size William Flynn."

Cemasef, yaklaşıp arkadaşının elini tutuyor. "Teşekkürler şair. Şenlik dağılırken son şiir senin olsun" diyor. William Flynn, "O halde teşekküre teşekkürle karşılık verelim" diyerek, duyarlı bir sesle okumaya başlıyor.

Ben sana teşekkür ederim, beni sen öptün,
Ben uyurken benim alnımdan beni sen öptün;
Serinlik vurdu korulara, canlandı serçelerim;
Sen mavi bir tilkiydin, binmiştin mavi ata,
Ben belki dün ölmüştüm, belki de geçen hafta.
Sen bana çok güzeldin, senin ayakların da.

O anda, Ya Vedûd Sultan'ın tabutu Marmara yönünden hızla uçup üzerlerinden geçiyor. Müstearlar geceyi sona erdirmenin vaktidir deyip dağılıyorlar. Meydanda kimse kalmıyor.

Ali Kaptanoğlu kasketini yana yıkıp "Ne şairler sevdim; zaten yoktular" diye mırıldanarak Divanyolu'ndan Sisler Bulvarı'na doğru hızlı adımlarla ilerlerken, bu âleme yeni ayak basmış olan William Flynn ceketinin yakasını kaldırıp, "Soğukmuş buralar" diye düşünüyor, "ölüm bile üşürmüş gerçekten..."

Edebi ve ebedi gölgelerin beyaz sesleri, soğuk karanlıkta yankılanıyor...

"Bir soğuk yel eser
Üşür ölüm bile
Anlatır akan kanı
Beyaz sesiyle"

Kaynakça

Adıvar, Halide Edip. *Harap Mabetler*, İstanbul: Atlas Kitabevi, 1967. s. 48-54.

Ali, Sabahattin. "Bu Memleketi Kurtarmak İçin." *Markopaşa Yazıları ve Ötekiler*. Yay. Haz. Hikmet Altınkaynak. İstanbul: YKY, 2012. s. 127.

"Hapishane Şarkısı V." *Bütün Şiirleri*. Yay. Haz. Atilla Özkırımlı. İstanbul: YKY; 2017. s.40.

Atatürk, Mustafa Kemal. "Hatay Meselesi." *Kurun*, 27 Ocak 1937.

Beyatlı, Yahya Kemal. "Şarkı." *Eski Şiirin Rüzgârıyle*. İstanbul: YKY, 2004. s. 69.

Ece Ayhan. "Biz." *"Adım Ece Ayhan Çağlar..."* Yay. Haz. Tunç Tayanç. İstanbul: YKY, 2014, 2. baskı, s. 104.

İlhan, Attilâ. [Ali Kaptanoğlu] "Yalnızlar Rıhtımı". *Yalnızlar Rıhtımı* içinde. Ömer Lütfi Akad, 1959, İpek Film.

Kanık, Orhan Veli. "Sicilyalı Balıkçı." *Bütün Şiirleri*. İstanbul: YKY, 1993, 36. baskı, s. 205.

Karaosmanoğlu, Yakup Kadri. *Gençlik ve Edebiyat Hatıraları*, İstanbul: İletişim Yayınları, 2014. s. 238-250.

Kemal, Orhan. "Nâzım Hikmet'e." *Nâzım Hikmet'le 3,5 Yıl*. İstanbul: Everest Yayınları, 2015. s.92-93.

Yazmak Doludizgin. İstanbul: Everest Yayınları, 2007.

Ran, Nâzım Hikmet. "Orhan Selim." *Bütün Şiirleri,* İstanbul: YKY, 2018. 15. baskı, s. 408.

Shakespeare, William. "18. Sone." *Soneler.* Çev. Talat Sait Halman. İstanbul: İş Kültür Yayınları, 2009. s. 37.

Süreya, Cemal [Cemasef]. "Yedi Adet Sultan." *Kazgan,* Ankara, 1953.

Tamer, Ülkü. "Ben Sana Teşekkür Ederim." *Yanardağın Üstündeki Kuş-Toplu Şiirler.* İstanbul: YKY, 1998. s. 63.

"Üşür Ölüm Bile." *Yanardağın Üstündeki Kuş-Toplu Şiirler.* İstanbul: YKY, 1998. s. 208.

Yaşamak Hatırlamaktır-Anılar Kitabı. İstanbul: YKY, 2017. 4. baskı. s. 259.

Usanmaz, Ceyhan. "Karşılaştırmalı Eleştiri/Mike Hammer mı, Mayk Hammer mı?" *Sabit Fikir,* http://www.sabitfikir.com/dosyalar/karsilastirmali-elestiri-mike-hammer-mi-mayk-hammer-mi

Yaşar Kemal. "Bekle." *Bugünlerde Bahar İndi.* İstanbul: YKY, 2010. 5. baskı, s. 29.

Yusoğlu, Nebahat. "Reşat Nuri Güntekin'in Yayımlanmamış Mizahî Hikâyeleri." *Hürriyet Gösteri,* Mart 2014, s. 311, ss.90-95.

DK'da yayımlanmış kitapları

Arafat'ta Bir Çocuk

Zülfü Livaneli'nin yıllara yayılan, yıllarla beslenen, zenginleşen deneyim ve gözlemlerinden, Almanya'da, İsveç'te, Türkiye'de, sınırlar, sınır aşanlar, sürgünler, gurbetçiler üzerine, değerleri yıllarla sınanmış öyküler...

Engereğin Gözü

Kitabı merakla ve son sayfasına kadar eksilmeyen bir zevkle okudum. İnsanın, düşsel, zalim ve bazen de umutsuz bir dünyayı keşfetmesini sağlıyor. Filmlerde romantik bir biçimde gösterilen harem evrenini ve genç kadınların yaşadığı hapis hayatını hiçbir kuşkuya yer bırakmayan bir gerçeklikle betimliyor.

Costa Gavras

Bir Kedi, Bir Adam, Bir Ölüm

Gerçek bir şaheser! Teknik ve psikolojik olarak mükemmel! Öldürmek mi bağışlamak mı ikilemini en iyi veren roman.

Yaşar Kemal

Mutluluk

Mutluluk, yalnızca harika kurgusuyla heyecanlı ve sürükleyici bir macera romanı değil; bunların ötesinde, gelenek ile modernlik, tarih ile bellek yitimi, din ile laiklik arasında bölünmüş Türk toplumu üzerine son derece güçlü bir analiz. Livaneli çok güçlü bir anlatıcı. *Mutluluk* ile okuru kavrıyor ve onu anlaması, tahammül etmesi zor gerçekliklerle yüz yüze getiriyor.

Martine Laval

Leyla'nın Evi

Bu kitapta anlatılan, biri yaşlı diğeri genç iki kadının birbirlerini keşfetme hikâyesi değil sadece... Zülfü Livaneli yeni romanında, insanoğlunun barınma ihtiyacını ele alıyor. Bunu da İstanbul gibi sürekli göçlerle sarsılan bir şehir üzerinden anlatıyor.

Buket Aşçı, *Vatan Kitap*, 15 Mayıs 2006

Sevdalım Hayat

Zülfü Livaneli'nin zengin ömrünün kısa özeti. "Sürekli sanat üstüne düşünen, yaratı sancıları çeken ama dönemin ve ülkenin koşulları gereği zaman zaman politikadan kaçamayan birinin anıları." Bir insanın, bir kuşağın, bir ülkenin yakın tarihi. Kitabın genişletilmiş yeni basımında fotoğraf albümü de yenilendi, kimisi ilk kez yayımlanan fotoğraflarla zenginleştirildi. Tıpkı yazarının hayatı gibi.

Son Ada

Livaneli'nin bu benzersiz yaratıcı romanında, insan yapısı otoriteyle karşı karşıya... Yazar bizi dünyamız üzerinde yeniden düşünmeye çağırıyor. Mutlaka okunmalı.

Prof. Lenore Martin, Harvard Üniversitesi

Serenad

Serenad yaşam musikisinin gur eseri. Bir sevgi çağrısıyla başlıyor, bir dokunaklı sonat gibi gelişiyor, bir çağın güçlü senfonisi olarak okurlarını büyülüyor. Bir Livaneli klasiği...

Talât Halman

Edebiyat Mutluluktur

Zülfü Livaneli'nin *Vatan* gazetesindeki köşesinde çok zevk aldığı, hayatını adadığı edebiyat konusunda görüşlerini paylaşmak ve özellikle de "yüreğini kanatlandıran sözlere sevdalanmış" yazar adaylarına karınca kararınca faydalı olmak için yazdığı "Edebiyat Notları"ndan seçmeler ve iki konuşma: "Benim Gözümden Yaşar Kemal", "Edebiyat Üzerine".

Kardeşimin Hikâyesi

Sakin bir balıkçı köyünde genç bir kadının cinayete kurban gitmesiyle başlar her şey. Dünyadan elini eteğini çekmiş emekli inşaat mühendisiyle genç, güzel ve meraklı gazeteci kızın tanışmasına da bu cinayet vesile olur. Kurguyla gerçeğin karıştığı, duyguların en kuytu bölgelerine girildiği hikâye, daha doğrusu hikâye içinde hikâye de böylece başlar. Modern bir Binbir Gece Masalı'nın kapıları aralanır.

Konstantiniyye Oteli

Konstantiniyye Oteli, aslında binlerce yıllık koskoca bir şehir olarak çıkıyor karşımıza. Değişen, dönüşen, ama barındırdığı şiddet nedense aynı kalan bir şehir...
Zülfü Livaneli kaleme aldığı bu şehrengizde zengin bir insan panoramasıyla İstanbul'un derinliklerine inerken şehrin büyülü, ama bir o kadar da acımasız atmosferiyle buluşturduğu okuru sıra dışı bir yolculuğa çıkarıyor.

Orta Zekâlılar Cenneti

Üzerlerinde bir sevgisizlik kabuğu taşıyan orta zekâlılar, toplumdaki saygın yerlerini koruyabilir, insanların yaşamları hakkında kararlar verebilir, hepimizi yönetebilir ve pijamalarını giyip balkonlarına kışlık odunlarını istiflerken, ne bizler ne de vicdanları tarafından rahatsız edilirler.
Bu arada, ozanlar ölür. Hem filmlerde, hem yaşamda.

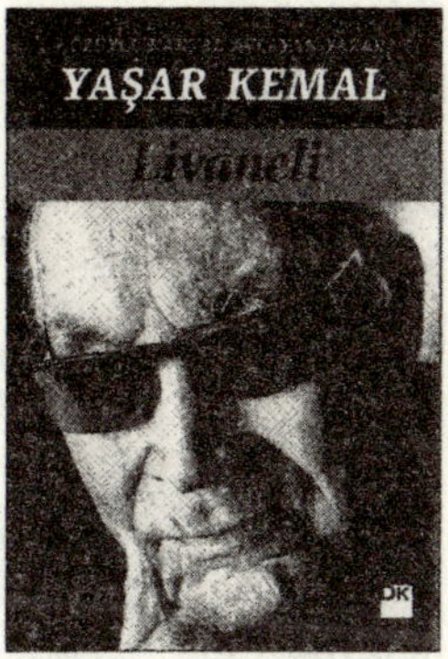

Gözüyle Kartal Avlayan Yazar

"Yaşar Kemal'in çevresinde esen, sanki kişiliğinin ve bedeninin ayrılmaz parçası olan, gittiği her yere, girdiği her mekâna, sanki onunla doğmuş gibi farkında olmadan taşıdığı bir rüzgâr vardı. Unutulmaz roman kahramanlarından Yel Veli gibi sürekli koşarak ölümden kaçmak istediği için oluşmuyordu bu rüzgâr. Koca gövdesiyle onu da, yanındakileri de bazen lodos gibi sersemletiyor, bazen garbi yeli gibi ferahlatıyor, bazen şiddetlenip çevresinde ne varsa önüne katıp sürüklüyordu."

Huzursuzluk

İstanbul'un hayhuyu içinde sıradan bir yaşam süren İbrahim, çocukluk arkadaşı Hüseyin'in ölüm haberi üzerine doğduğu kadim kent Mardin'e gider. Onun, önce sevdaya sonra ölüme yazılmış, Mardin'de başlayıp Amerika'da sona ermiş hayatını araştırmaya koyulur. Böylece âdeta bir girdabın içine çekilir, tutkuyla ve hırsla gizemli bir kadının peşine düşer. Bu romanda Livaneli, insanın içindeki ve dışındaki huzursuzluğu, sevda ile acının iç içe geçtiği bir Ortadoğu gerçeğiyle harmanlayarak okura sunuyor.